北の河

Yuichi
Takai

高井有一

P+D
BOOKS
小学館

目次

北の河

東北に冬は早かった。昭和二十年、初めて雪が来た日の寒さを私は憶えている。短い日の落ち切る一時間余り前から降り始めた雪は、朝からの風に吹かれ、板葺の上に石を置いた家の屋根に落ちては舞うように見えた。しかしそれは長くは続かず、七時過ぎから霙《みぞれ》に変った。どの家も早くから雨戸を閉《た》て切り、町の闇は殊更に深かった。

翌る朝は雨が尾を曳《ひ》き、絶え間なく町を包むように降った。母の遺骸が町から離れた河下の洲に打上げられたと知らされたのは、朝九時頃である。

三日前の未明に、母は失踪した。朝早くまだ陽の差さぬ内に私は一度眼をさまし、この時、枕許の有明の光で母が牀《とこ》にいないのを見たように思う。しかし私はまたそれから浅く眠った。再び眼を開いた時には、陽が雨戸のあらゆる隙、節穴から差込んで、朝は珍しく晴れているらしかった。その光の一条が母の牀の中央に落ち、それに促されるように私は急速に醒めて行った。前夜母は確かに私と同じく牀に入ったが、朝の母の牀に人の寝た名残りは跡形もなかった。

私は身を起して、長い間、敷布の隅ずみまで気を配って整えたような母の牀を見ていた。

それから三日間の事を、私は正確に記憶していない。母が去って独り遺された十五歳の私には、周囲の人の関心が集り、彼等は口々に同情し、またあれこれと指図したが、それ等一切は私の外側を通り過ぎて行った。「母さんが居なくなったというに、愚図々々してばかりいて」と私は何度か言われたが、その時私の頭にあったのは、誰もいない母の牀のかたちだけであった。夜、私は必ず母の牀も並べて敷くのを怠らなかった。そして朝、敷いた時の儘の空の牀を、半ばは予期しながらも矢張り失望とともに見出した。こうして待つより他、私には術がなかったのである。

私と母が別棟の隠居所を借りて住んでいた犬丸家の主人は、母の遺骸の発見を聞くと、上らぬ雨を案じつつ、私に現場へ行くための自転車を借りてくれ、また自分も同行しようと言った。私たちは蓑《みの》を着けて家を出た。

母が身を投じた河は町を貫いて流れる。進むに従って徐々に河幅を増し、町を過ぎて五里余の地点で他の一つの河と合し、新たな流れとなって海へ下る。遺骸の上ったのは、その二つの河の合しようとする中洲で、其処《そこ》は両岸に山が迫って流れは深く、各所に淵を造っている筈であった。雪の落ち始めた夕方、山から下って来た杣夫《そまふ》が、偶然洲に眼をやって母を見附けた。母は足を水に浸し、顔は洲の石の間に喰い込んでいたという。杣夫の知らせで近くの部落から何人もの人が出て、遺骸を洲の中央に引揚げ、雨の中を一晩篝《かがり》を焚いて夜詰をしたそうであった。

河は、町を出外れると左手に見え始める。それは時に緩《ゆる》く彎曲《わんきょく》していて、葉が既に概ね落ち切った浅い林の向う側に見え隠れした。右側の田の刈入れは全く終って、残された稲の切株が濡れて黒ずんで見える。稲架《はさ》からも稲は外されて、組み上げた丸太だけが立っている。或る所では、農夫が畔へ出て何のためか太い杭を打込んでいた。其処までの距離は遠く、大きな木槌を打ち降すと、やや暫くあって鈍い音が空気を伝わって来た。

五十分程過ぎて、濡れそぼれた蓑が漸く肩に重く感じられ始めた頃、道は山峡へと入り、一つ崖の端を曲ると藁屋根の並ぶ小さな部落があった。其処からは部落の青年に案内され、竿で操る小さな舟に乗って河に出た。青年は黙ってやや下流の方を指し示した。流れが取り囲むように鋭い波を立てているのが、母のいる中洲であろう。黒い影が何人か動いていた。私は舳《へさき》にいて、対岸の河を抱くようにして聳《そび》え立った山を見た。水面から三丈余は暗赤色の肌の崖となり、水はその下を抉《えぐ》って青緑色に流れていた。水面下で流れは更に深く蝕《むしば》んでいるであろう。山からは木を伐り出しているらしく、かなり深く繁った杉が此処彼処《ここかしこ》に倒されて乱雑に横腹を見せていた。舟は忽ち洲に着いた。人々は誰も一言も言わず、依然止まぬ糠雨の間をすかすように凝《じっ》と私を見ていた。焚き尽された感じの篝が白煙と僅かの焔をあげていて、その傍に母がいた。

遺骸は、上を覆うものもなく、俯伏せに、投げ出すように置かれていた。黒い服は今水から揚げられたばかりのように濡れて、痩せた母の骨格まで露わにし、両手は頭に沿って垂直に伸びて、水に溺れる人が何かに縋ろうとする形に見えた。穿物《はきもの》はなく、右足は内側に向って奇妙な形に曲っていた。固く捲上げた髪だけは崩れず、項《うなじ》の皮膚は白かった。これが母であった。

私たちが東北へ来たのは、四月の空襲で都会の家を焼かれ、父方の遠縁を頼ったのであった。父は二年前に死んで、母の手に遺されたのは家と若干の動産に過ぎなかったから、一夜の火で私たちはその半ばを喪《うしな》った事になる。東北に着いた時は五月で、軒の深い所にはまだ固い残雪が地に貼り附いていた。それから再び雪を見る十一月まで半歳を僅かに越す期間に、私はさまざまな事を知ったように思う。この時代から現在まで二十年が過ぎている。しかし、それだけの時が過ぎて、私には東北の半歳が私に刻みつけたものが何であるのか、正確には判らない。ただ判るのは、体験が時間に洗われて、より鮮明に私の心に重く腰を据えている事だけである。二十年の間に私は、母の死後私を引取ってくれた母方の祖父の死を始め、遺ったものの孤独を思い知る出来事に出会ったが、そういう経験の度毎に母の死で終った東北の生活の記憶が甦って、新しいものへ涙を流させなかった。こうした或いは人は強さと感じるかも知れぬ心の動きを、私は時に肌寒く思う事がある。

戦争の終りの日までは、私は何事にも気附かなかった。当時の私たちの年頃の者にとって、戦争は常に何処かで続けられているものであり、謂《い》わばそれ自体が日常であって、戦争が終るという事は想像を超えていた。特に東北の町では直接火に追われる惧《おそ》れは無く、生活は一応の安定を保っているように思われ、私は知らぬ間にそうした日々が無限に続いて行くのだと信じていた。しかし戦争は現実に終った。そしてその直ぐ翌日の極めて些細な事から、それまでの錯誤が私に知らされ始めた。

八月十六日の昼過ぎ、私が学校から戻ると母は縁に出て、一面に「大東亜戦争茲《ここ》に終了す」と大きく白抜きの文字のある新聞に眼を曝《さら》していた。母がそうして新聞を読むのは珍しくはなく、私は何気なく声をかけたが、母は振向かなかった。その日、学校の空気は異様であった。朝早く教場に来た教師は、「戦争に敗けてしまって、今までの日本の国体はもう無いんだ。これでは支那の国体と何の変りがあるんだ」と叫んで哭《な》き、生徒の半ば以上も同じように哭いた。その後、どういう企図からか学校の裏手の山に駈足で登る事が課せられた。教師は私たちと共に走って、「敗けたんだ。口惜しいだろう。口惜しいだろう。これを忘れるなよ」と、息を切らせつつ繰返した。こうした事は私にとって何か新鮮に感じられ、私は一切を早く母に語りたかったが、母は頑《かたく》なに肩の辺りの固い線を守って、私の方を見ようとはしなかった。私が背に手を触れると、母は不意に新聞紙を手荒く畳み、私を突き退けるように立上って庭の敷石を音高く踏んで、裏の河に面した背戸の方へ殆ど走るように去った。私は追うのも忘れた。

更に二十日後、九月初旬の事である。私たちと同じく疎開して来ていた河内という友人が、都会に帰ると告げた。彼は父親を都会に残して母親と二人でこの町の親戚にいたが、戦争が終った以上、寒くならぬ裡《うち》に早く帰るのだと言った。輸送が混乱していて荷物を送れぬから、身柄だけ先に帰るのだとも言った。私は前から気易く友人を作り得る方ではなかった。東北の学校へ通うようになって半月位の間に河内と打ち解けたのは例外と言ってよかったかも知れない。六月、勤労奉仕で田植の手伝いに農家へ行かされた時の昼休みに、私たちは庭先に敷かれた筵《むしろ》に坐って話した。彼はこう言った。「親父から月に二回ずつ、きちんと手紙が来るよ。ぼくに向って書いているのは僅かで、殆どはおふくろ宛てさ。おふくろはそれを読んでくれるけど、空襲や何かの事を書いてある所はわざと端折《はしょ》っちゃうんだ。ぼくに気遣わせまいと思っているんだろうけど、でも本当を言えば、向うで空襲に追われてるのと、田舎でこんな事ばかりしているのと、何方《どっち》がいいかよく判らないな」

私たちを結んでいたのは、このような種類の話であった。私はこの時、河内の指の爪の間に田の泥が黒く詰っていたのを、印象に残している。彼を失うのが私は惜しく、彼の帰る当日は駅まで送って行こうと約束し、その事を母に話した。母に言ったのは他意のない報告に過ぎなかったが、それを聞いた母の言葉が私を愕《おどろ》かせた。

「私も行くわ。一緒に送りに行きましょう」

河内は、母とは私の部屋を訪ねて来た時、簡単な挨拶をした事があるだけであった。しかし母は続けて言った。

「お見送りに行きましょう。何か記念にあげるものがあるといいけど」

河内の発つ日、残暑は厳しく、長く雨を見ぬ砂混りの道は白く乾き切っていた。町の西端にある駅を通っているのは貧しい支線である。蒸気機関車は黒い木造の客車三輌と貨車一輌を牽《ひ》いて一日に五往復した。正午にそれに乗れば翌日の朝都会に着く筈であった。

私たちが行った時、河内は母親と既に来ていた。私が彼に声をかけるより、母の方が早かった。

「お帰りですってね。よかったわ」

そう言って何か小さな包を彼に手渡した。その包の中の物を私はまだ知らされていなかった。

母は更に初対面の河内の母親に向い、

「長いこと、子供がお世話になりまして」

と挨拶し、私にも何か言うように促した。しかし、其処には何かたくんだ愉快でないものがあった。私は黙っていた。河内の母親が言った。

「お宅でも、もうそろそろお引揚げで御座いましょう」

極く短い間、母は答えなかった。そして直ぐ笑って言った。

「はあ、そのようにしなくてはと思って、いろいろ考えて居ります」

私と河内とは話す事がなかった。強いて私は言った。

「汽車、もう直ぐ来るね」

「うん」

彼の声には屈託がなく、私は彼がこれから帰って行こうとする場所の雰囲気を知ったと思った。

汽車が来た。天蓋《てんがい》のない駅に陽は眩《まぶ》しく、私たちは皆汗を流した。影はもう見えなかった。河内たちは会釈し、素早く乗込んだ。車内は混んでいて、車室に入った彼等の影はもう見えなかった。停車時間は短い。合図もなく汽車は動き始め、私は無意識に爪先立って手を振ったが、無論車内からそれに応ずる動きはなかった。他にも何人かの見送り人がいたが、彼等の散るのは早く、忽ちに私たち二人だけが残された。

「行きましょうか」

母は先に立ち、改札口は通らずに構内の線路に降り、それに沿って歩き出した。駅構内を出外れると線路は小高い盛土の上を走り、足許から左右に田が拡がる。殊に町に遠い南側は広く、遠く見える山の裾まで一面に黄ばんでいて、所どころに黒ずんだ案山子《かかし》が立ち、時に私の知らぬ鳥が舞い立っては再び穂の蔭に降りて消えた。周囲に音はなく、眼の前をかなり早い歩調で行く母の駒下駄に踏まれて砂礫《されき》だけが鳴った。線路はやがて河に行き当り、その上を鉄橋で越している。母は其処から河原へ下り、鉄橋の影の差している場所へ私を誘った。

「その辺へお坐りなさいな。此処なら涼しいわ」

夏の盛りには水遊びの人たちが群れ、鉄橋の橋桁《はしげた》から跳込みを競う者も多い場所であったが、九月も半ば近くになれば、流石《さすが》に人影は少く、水際で数人の極く幼い子供たちだけが遊んでいた。河中では、農夫が馬を洗っていた。

「人を見送るっていやなものね。歿《なくな》ったお父さまは、誰も見送りに行かなかったし、自分の旅行などの時はお断りになった。その気持、判るわ」

言いながら母は馬を見ていた。自ら見送ろうと言い出した事との矛盾には気附いていないようであった。私は先刻から気になっていた事を訊いた。

「河内に何をやったの」

「文鎮よ。お父さまが使っていらっしゃった青銅の、獅子の寝た形のがあったでしょう。あれが疎開荷物の中に混っていたんです。それをあげたの」

「何だってそんなものを」

「何でもいいじゃないの。唯あげたかったのよ」

そう強い口調で言ったわけではないが、母が私から離れて何かを考えているのが判った。馬が水中で暴《あば》れでもしたのか、二声、三声、農夫が甲高く叫んだ。流れは静かな音を立て、陽を映して眩しい中に馬と人影が動いた。それを見ている時間は長く、私は傍の母を絶えず意識に置きながら、数箇月前、初めて母を私と離れた場所に見た時の事を思い出していた。

家が焼かれた日、私たちはその燃える火を離れた林の中にいて眺めた。二時間も経てば夜の白んで来る時刻であった。家の在る場所は高台になっていて、梢の間から見える赤い色は、人が総て逃れた無人の家に焼夷弾が頻《しき》りに投下されているらしかった。私たちと同じく逃れて林に来た人々は、皆気持の昂ぶりを露わにしてかなり声高に話していたが、母だけは独り木の根元の下草に腰を下した。近づいて私が見ると、何処で傷ついたものか母の左の袖が大きく破れて肘《ひじ》が露わになり、擦り剝いたらしい傷に黒ずんだ血が滲んでいた。思わず私が触れようとすると、母は振り払うように右手で袖の破れ目をかき合せ、その上から固く握った。それは傷の痛みを耐えるというよりも、頑なに人を拒むように見えた。視線は林の向うに拡がる赤い空に据えられて動かなかった。林に来る道でも、母は実に屢々《しばしば》人の群から遅れた。火を避けて行く人々は、諸方の小路から出て次第に群となり、その中には自然に全体を導いて行く者が出来て私は彼の言う通り只管《ひたすら》急ごうとしか思わなかったが、母はその群の動きに乗らず、私は少し行く毎に振返って、母を促し、呼ばねばならなかった。終《つい》にはそういう母を私は周囲に恥じた。

しかし母は、一切私の声に応じなかった。母が辺りの何かに気を奪われていたわけではなく、母もまた正確に前だけを見て歩いていた。ただ、その歩調が重く、地に吸われているような感があったのである。そして家の門を出て以来、母は一度も物を言わぬようであった。

夜明けが漸く来た。帰り着いてみると高台は、全く何物も遺さずに焼けていた。廃墟が白じらと拡がって、捩《ね》じ曲った水道管が水を吐き瓦斯《ガス》管から盛んに火が噴いているのだけが、在るものの総てであった。火は土までも焼いて土は石灰色に変り、窓硝子《ガラス》は熔けて家の土台石の上に棒のように滾《こぼ》れていた。隣家の主人が先に焼跡に戻っていて、多量に買入れてあったらしい石炭の山がまだ熱い煙をあげているのを頻りに鉄棒で突き崩していた。私たちを認めると、彼は寄って来た。

「御覧の通り、すっかり焼けてしまいましたよ。いや、もう、すっかり」

声高な言い方に明らかな虚勢があった。彼は手にしていた棒を足許に投げ棄てた。その時、母が信じられぬ素早さでその棒を拾い、家の焼跡の中央に歩み寄ると背を向けて堆《うずたか》く積った瓦《が》礫《れき》を掘り始めた。焼き尽された跡から何物も出て来よう筈はない。しかし母は更に何かを追うように、灰を掘り土を掘って前へ進んだ。堪りかねた私は駈け寄り、叫ぶように母を呼んだ。見ると母の息は弾み、手は乱れていた。咽喉元にこみ上げて来るものを怺《こら》えつつ、母は同じ動作を続けた。その度に灰と埃とが舞って、光沢の失せた母の髪に落ちかかったのを私は忘れない。

河を見ている母の裡に、激情があったとは思えないが、矢張り私は怖れたようである。しかし母は何も知らぬ気に、やがて柔かく言葉を響かせて言った。

「貴方、この町の冬を考えた事があって」

私は母の気持の筋道が辿れず、ただ首を振った。

「もう朝晩涼しいでしょう。この辺りの秋は短いわ。直ぐ冬になります。そうすれば雪が丈よりも高く積るのよ。そうした中で暮すなんて、一寸考えられないわね」

私は河内が寒くならぬうちに帰るのだと言ったのを思い出した。母もまた河内と関連して冬を考えているらしかった。

「河内さんとは親しくしていたのね」

「他に友達はいないもの」

「そう。淋しくなるわね、ああいう人たちが皆帰ってしまうと。河内さんばかりじゃなく、他にも帰る人はあるんでしょう」

「よく知らない。でも、あると思うな」

「そうね。戦争が終ったのだから、それが当り前だものね」

河内と交ったなかだちが都会の話題であった事からも判るように、都会への関心は私から去った事がなかった。父の建てた家は都会の山の手にあり、焼かれる日まで私は其処以外の土地を全く知らなかったと言っていい。高台に並ぶ家は多く檜葉《ひば》の垣根、或いは大谷石《おおやいし》を積んだ垣を廻らし、その間に細かい砂礫を敷いた道が長く直線に延びていた。父も母も外出して家に誰もいない時の夕方、私は門の傍に蹲《うずくま》って、道の遠くに人影が現れて来るのを待った。夕方は何時《いつ》も靄《もや》が下りていて道の果ては霞み、歩いて来る人はかなり近くまで誰か判らない。待ちながら、私は屢々、遠くで遅くまで遊んでいる子供の声が奇妙に冴えて響くのを聞いたものだ。河内が倖《しあわ》せそうにしていたのも、彼が再びこうした場所に帰れるのを歓んでいるからに違いないと私には思われた。私は母に言った。

「家《うち》だって帰るんでしょう」

「ええ」

母は何か言いかけて不意に唇を嚙んだ。また私を避ける気配があった。

「帰るんでしょう」

私は繰返した。

「帰りましょう」

一言だけ母は言ったが、それは私への答ではなく、明らかに母は独りの考えの中に沈んでいた。河では農夫が馬の鬣《たてがみ》に水をかけ、水は光った。その手前の河原には、石にしみるような陽の光がある。知らぬ間に、私たちを覆っていた鉄橋の影は歪んで、私たちの上から外れていた。それだけ長い時間であった。

「行きましょう」

やがて母が立上った。河原を過ぎて土堤の上の道を上ろうとした時、母は石を踏みそこなってよろめいた。下駄の緒は切れはしなかったが、右の前壺は緩んだらしかった。母は半ば足を引摺るようにしつつ、それでも私の先に立って砂埃の道を歩いた。

河で洗われている馬を見ながら話した時、母が何かを独りで考えているのに気附いて以来、私は意識して母を観るようになって行った。母は、私がそれまで疑いなく信じていたような私と総てを解り合っている存在では決してないのを、私は初めて感じたのである。これに似た体験は、少年期から抜け出ようとする年代に誰でもが持つものかも知れないが、私の場合、当時の母の心の状態が、他の人と大きく異ったものを齎《もたら》したに違いないと私は思う。後年、大学へ通う頃になって、私は、まだ両親が健在でいる友人が親について話すのを聞いた時、その表面は皮肉そうな言葉の裏に彼の甘えを読み取って、密かに蔑《さげす》みを抱いた覚えがある。

十月が来た。母が実に屢々河を見に行くのを知ったのはこの頃の事である。犬丸の家は背戸が河に面していて、粗末な木で組んだ小さな門があり、その先には洗濯などのために石で足場が作られてあった。母はその石の上に心持ち脚を開いて立って河を見ていた。日暮れ時、背戸は西に向っていたから、母の姿は逆光の中に黒かった。短い間に二度私はそれを眼にした。三度目に私は母の背後まで行こうと試みた。しかし母は私の近附く気配を知ると、直ちに踵《きびす》を返して、足早に部屋の方へ去ってしまった。だから私は、母の表情を見ていない。

こうした母の挙止は、犬丸の家の人たちにも奇異に映ったようである。母屋の前を通りかかった時、私は茶を飲まないかと誘われた。来合せた人の誰にも茶を振舞うのは東北の習わしではあったが、私はそれまで誘われた事はなかった。

「貴方の母さんな」

濃く淹《い》れた茶と、茶請《ちやうけ》の漬物を頻りに薦めながら、私が小母さんと呼んで親しんでいた犬丸の主婦が躇《ためら》いがちに言った。

「この頃、何時もと様子違うように思わないか。家は貴方の父さんの縁続きだから、母さんの事はそうよくは知らぬよ。ああいう人だと言ってしまえばそれまでの事だけども、何かよく呑み込めない所あるものな」

背戸にいる母を主婦も眼に留めた。何気なく呼ぶと、一度振向いた母は、何を思ったか急にその場に踞《かが》み込み、水中から小さな石を拾うと、流れの遠からぬ所へ向って、三つ、四つと投げた。その唐突さは殆ど無気味なものがあり、翌日再び同じように立つ母を見た時には、声を掛け得なかったという。また母は、母屋の土間に面した上《あが》り框《がまち》に黙って腰を下す事が多くなった。午前中、朝の家事を終えた近隣の女たちで土間が賑う時など、母は隅の柱に凭《もた》れて、出される茶を啜《すす》るでもなく、自分と関係なく交される話を聞いていて、やがて話に倦《う》んだ人たちが散ると、最も後から帰って行くそうであった。

「こんな事を貴方に言ったからとて、母さんにどうこう言えというのではないよ。でも、気に懸る事じゃあるんだし、貴方がそれを知ってるのか、知ってるならどう考えてるかと思ってなあ」

私には答えようがなかった。ただこの言葉に誘われ、先頃あった事の一つを話した。その事は私の気持に重く沈んでいて、私は誰かに聞いて欲しかったのである。

私たちは日々の燃料に不自由していた。これはあながち疎開者ばかりでなく、地元の人たちも同じらしかった。町の外れに製材所があり、燃料に使える木の端切れを、町の家々に金を取って順番に頒けていた。その番が私たちの所へ廻って来た時、母は事務所で金を支払いながら、この次に頒けて貰えるのは何時頃になるかと訊いた。

「さあ、それは判らんな。もともと売るための物じゃなくて、製材の途中て出る屑なんだから」

事務員は大儀そうに、時には全く木の失くなる事もあるのだと言った。それは事実に相違なく、私は木切れを詰めた俵を持って帰ろうとしかけたが、その時母が口にした事が私を愕かせた。

「そうでしょうけれども、私たちは不安なんです。疎開して来たばかりで馴染みはないし、もう冬が近いでしょう」

と母は言っていた。そして更に続けた。この町の冬の厳しさに耐えられぬであろうこと、自分たちの今いるのは隠居所として建てられた部屋で住むに適していないこと、町の人たちと親しくなれないこと等、その場に関りのない言葉が次々に投げ出された。事務員は当惑して遮った。

「奥さん、此処でそんな事言うもんじゃない。帰ってくれ」

私は母を恥じた。かつて母は家の事を他人の前で語る人では決してなく、私にも「人にはそれぞれの生活というものがあるんです。それは他人には決して解るわけのないものよ。だから、他人に興味を持ってはいけないし、自分の生活を曝《さら》け出すのも、恥しい事だと考えなくてはいけないわ」と教えていた。その母が、僅かのきっかけから対手《あいて》への顧慮を全く欠いて述べ立てたのに私は衝撃を受け、恥じ、怖れた。

「何故あんな風に言ったのか、ぼくにもちっとも判らないんです」

と私は主婦に言った。多分、訴える響きがあったに違いない。

「やっぱり、何か気になる事があるのだかな。私らと育ち方が違う人だから判らないけども、そんな前からこういう風じゃなかっただろ」

「ええ」

炉には小さく火が入れられていて、その上で鉄瓶の湯がたぎった。

「母さん、冬を心配してるのかな。貴方、死んだ父さんからでも、ここら辺りの冬のこと、聞いてるか」

「いいえ」

「年によっても違うが、軒近くまで雪は来るよ。雪囲いするから、一日中暗くってな。そう、其処の戸な」

水屋の窓の硝子が二箇所割れ落ちて、その後に板が打ちつけてあった。

「あれは、去年、雪の重みで割れたんだ。去年は雪、多くてなあ。貴方がたの今いる所は、冬は何時も締めてしまっていたよ。あそこに住んでいたうちのお祖父さんも、雪の頃には此方へ来て暮していたものだった。炉も切ってないし、貴方がた、冬も此方にいるとすると、どうすればいいだかなあ」

母も確実にこの不安に突き当っている筈であった。

「貴方がた、向うへ帰る事が出来るといいがなあ。家にいて迷惑というのでないよ。ただ、気の毒でな」

この言葉に劬《いたわ》りと好意とを私は強く感じた。しかし実際は母はその好意に値しなかったかも知れない。七月の夜、この町に初めて空襲警報が出て、今まで知らぬ経験に町中がざわめき、警防団員が起きて門口まで出るように触れて歩いた時、母は、

「こんな所に敵機など来やしないわ。それに、来たところでもう焼かれる物は何も無いじゃないの」

と言い、起きようとしなかった。翌る朝、近所の人に詰《なじ》られた時には一言も言わず、ただ唇だけで笑っていた。そして後になって私に、

「全部失くした人間の気持、あの人たちには決して解りはしないわね」

と疲れたように言ったのである。その母には、好意も却って屈辱と感じられるに違いないと私は思った。

「ま、何か事があったら、遠慮なく相談に来るように母さんに言って下さい。うちの父さんも相手になるだろうから」

漸く解放された気持で私は部屋に戻って来た。恰度《ちようど》母は何処かへ出て、居なかった。私は畳に寝転んで、黒く光っている天井を眺めた。今交したばかりの言葉の端々が意識の中で揺いだ

が、纏《まとま》った形にはならなかった。その内に一つの情景が浮んで来た。

学校へ行く途中の広い庭を持った農家に、高い柿の木があった。他に高い木はなく、柿だけが思うさま伸びていた。少し前、其処を通りかかって何気なく見上げると、柿の葉は殆ど落ちて成った実が露わであった。朱色の実は数多くはなく、黒い枝の所どころにあり、晴れ切った空に冴えて、私は美しいと思ったが、考えてみれば、この柿の姿は、秋の、それもかなり深い秋のものであった。その後には冬が接していた。寝転んでいる畳も冷たかった。

相談があれば来いと言われた言葉を、私は母に伝えなかった。ただそれのみでなく、私には母と話すのを避けたい気持があった。学校では終戦から二箇月経って平時の秩序が戻っていたが、私には親しく話す相手もなかった。私は何時か課業の終った後、外を歩いて時間を消すようになった。

町には水が豊かであった。犬丸の家の前の溝にも澄んだ水は微かな音を立てて流れていたが、学校から家とは反対の方角へ数分歩いて、上の町と呼ばれる古い黒板塀の連る昔からの住宅地に入ると、石で畳んだ溝の幅は一間を越し、家々はその門前に、それぞれの形の橋を持っていた。流れる水の底には、等しく流れの方向になびいた水草の緑もあった。正午で授業の終った土曜日、私はその方へ足を向けてみた。

上の町は直ぐに通り抜けて、その先は田になった。溝を行く水も田中の疏水から分れて流れ出しているのが判った。遠く田が尽きる辺りには寺らしい建物が見え、その周囲を黒ずんだ墓原が取巻いていた。私はそれを見つつ、田の畔に腰を下し、弁当の包を拡げた。弁当はこの地方で焼結びと呼ぶ焼いた握飯が二つ竹の皮に包まれていた。土地の人は大きな握飯を器用に醤油を附けながら炭火で焼いて焼結びを作ったが、それを真似た母はまだ慣れぬらしく、握飯の所どころが焦げ過ぎて斑《まだら》になっていた。

食べながら、私は母の事を思った。その朝私が起きた時、母は母屋の竈《かまど》の傍にある七輪で握飯を焼いていたが、私は声をかけなかった。そして食事を済ますと直ぐ、卓袱台《ちゃぶだい》の片隅にあった弁当を手にして黙って家を出て来た。その間、母が「今日あたり床屋へ行っておいでなさい」と言い、私が生返事をしただけであった。そういう朝がもう数日も続いていた。母が何を思っているかは判らず、私の裡には、母の振舞への疑いと怖れが交錯して、私は自分のそうした感情を持て扱っていた。

父の七七日の法要を終えた翌る日、母は父の名の標札を剝ぎ取って、新しく掛け替えた。新しい標札に記されていたのは私の名であった。無器用に釘を打ちながら母は言った。

「貴方は子供だけども、戸主だからこうして置きましょう。女名前の標札を出すのはいやなのよ。周りから何か弱いものに見られそうな気がして」

思えば、母の変化はこの頃から始っていたかも知れない。父の死後、母は私に殊更厳しく叱言を言う事も多かった。

「貴方のお母さん、昔は、それこそおっとりした有閑夫人みたいな所のある人だったけど、連れ合いに、つまり貴方のお父さんに死なれてからすっかりきつくなってね。私が一寸不用意に物を言った時など、眼に角を立ててやり返されたりして、慌てたこともあったものさ」

と、これは大分後になってから親戚の老人が私に聞かせた事だが、父の死から家を焼かれるまでの二年間は、母が、新しい境遇に肩を張るとともに、一面では、心の昂揚していた時期であったのであろう。しかしそれは空襲の火によって断ち切られた。罹災《りさい》直後、都会の親戚に身を寄せていた時、母は昼夜の別なく出る警報に酷く怯えた。医師はこの症状は、空襲の惧れのない所へ行けば直ちに恢復すると言い、その結果、私たちは充分な準備もない儘に東北へ来たのだが、あの時露わにした怯える心は、河に見入るようになった母の裡にも決して癒える事なく残っていたに違いない。

無論、これ等を私が当時理解していたわけではない。しかし私は今、独りで田の畔に坐って握飯を齧《かじ》っていた私の姿に、母の影に色濃く蔽われて鬱屈していた自分の気持の現れを見るような気がする。

握飯は冷え切って固かった。私は食欲もなく、その二つ目を一口喰い欠いただけで、残りを遠くへ投げ棄てた。崩れた握飯が収穫を終って乾いた田に転がった。

十一月に入ると、天候が崩れて雨の日が多くなった。豪雨ではなかったが終日休まず執拗に降り、気温は急に下って、登下校の道に番傘の柄を握る手の指先は忽ちに凍えた。町の家々は炉に火を入れ、私たちの部屋でも火鉢を用意した。指の冷たさと火の赤さは紛れもなく冬のものであった。だが、私も母も、互いにその頃冬を話題にした記憶はない。

町に駐留する米軍から母の所に使が来た日もまた雨であった。夕方帰って来た私は、土間で犬丸の主婦に呼ばれた。

「今日昼前、貴方の母さん所へ進駐軍の人来てたよ。何でも、通訳の手が足りないから手伝ってくれという風な事だったらしいけど、母さん断ったもので、進駐軍の人、がっかりして帰って行ったっけ」

一時間余の説得に、母は遂に耳を藉《か》さなかったそうであった。

「私らに判るわけもないが、でも、母さん、全然出来ない仕事でないなら、素直に行けばいいになあ」

この口調から、私はこの人が私たちの今後について心を遣っていてくれたのを思い出し、この事は私も母に話さなくてはなるまいと思った。素朴な心やりが私に一つの荷を負わせたようであった。

雨の夕方は暗く、部屋には既に電燈がついて、母はその下で着物を縫っていた。何か昔の物を仕立て直しているらしかったが、坐った膝の上にそれが流れている形は、幼い時から繰返して見て親しいものである。

「お帰りなさい。今日は遅かったのね。それとも、こんなお天気だから遅く感じるのかしら」

そう言いつつ、軽く首をかしげて見せる挙止も私の見慣れたものである。こうした余りに日常的な様子が、私が伝えねばならぬと決めた話を口にする気持を萎《な》えさせた。

「外、冷たいでしょう。巻繊汁《けんちんじる》こさえてあげるわ。もう仕掛けてあるから直ぐ出来るの」

母は火鉢に土鍋をかけ、やがて湯気が噴き上った。それを共に啜りつつ、母がその夜優しかったのを私は忘れない。

食事が終った。火鉢に手をかざして充分に手を温め、ややあって私は言った。

「今日、進駐軍の人が来たんだってね」

優しい母と和やかな食事を間に挟んだ事が私の気持を幾らか穏やかにしていた。

「来たわ」

母は再び縫物を手にしていた。

「通訳のことなの」

「そうよ。もう聞いたの」

「詳しくは知らない。どんな話だったの」

「ただそれだけのことよ。犬丸さんの御主人が町役場の人に私が英語が出来るって話したらしいのね。それで来たんでしょう」

「断ったの」

「ええ。当然じゃなくて」

母は顔も上げず、手も休めず、機械的に動いて行く針の先が時に輝いた。

「犬丸の小母さんは、出来るなら行けばいいのにって言ってたよ」

「そう。責任の無い人は何とでも言うわ。黙って聞いてお置きなさい。他人の事は何とでも言えるのだから」

「でも、行ったら、いい事もあるんじゃない」

これには大した意味はなく、単に言葉のつなぎとして言ったようなものであった。しかし母は急に手を止めて、歯で鋭く糸を切った。表情が変っていた。

「貴方、犬丸さんから何か言われたの。それとも、自分で本気にそう思ってるの」

縫物は母の膝から払われて下に落ちた。私は何も言えぬまま、勢の弱くなった炭火を掘り起した。

「貴方はまだ子供ですからね」

長い時間の末、母が言い始めた。誰かに聞かれるのを憚《はばか》るように声は低く、老人のように嗄《しやが》れて聞えた。

「子供だから何も知らなくてもいいと思っていたんです。でも、それがいけなかったのかも知れないわね。言わなくても判る事は判るだろうと思っていたんです。それも間違いだったんでしょうね。いいわ、洗いざらい教えてあげます」

母は立って部屋の隅の簞笥《たんす》の小抽斗《こひきだし》に手をかけた。それは東北へ来た時犬丸家から貸された古風な家紋の附いたもので、私は中に何が在るのか知らない。母は其処から封書を取り出した。表書きの毛筆の文字から、母方の祖父の手蹟であるのが判った。

「読んで御覧なさい」

筆太の癖の多い字に悩みつつ、漸くに私は大意を読み取った。それは、私たちが都会へ帰って祖父と共に暮すのを拒絶する手紙であった。戦後僅かの間の変動で自分は殆ど総てを喪ってしまったと、祖父は手紙を書き始めていた。祖父は既に還暦を過ぎ、小さな事業所の嘱託として勤めていたが、戦後手持ちの有価証券の価値が下落したため、その事業所の報酬と、幸い罹災を免れた家しか手許に残らなくなった。しかし祖父によれば、それはいいとしても、何よりも困惑し、大きく喪ったような気にさせられるのは、人が荒《すさ》んで誰も他を顧みなくなった事である。そして今後長くそういう世に耐えて行けるかどうかは疑問であり、極く普通に考えれば身寄りの尠《すくな》い者同士が肩を寄せ合うのが当然かも知れないが、自分には今の時代に仮令《たとえ》娘であっても同じ屋根に住んで平穏があろうとは思えないというのが祖父の考えであった。最後には、縁はさほど深くないにしても都会に比して細やかなものの遺っているに違いない東北の土地で生活を見出すように望むと附加えられていた。末尾の日附は九月三十日である。

「此方からは手紙を二通出したのよ」

私が読み了《お》えるのを待って母が言った。

「初めのには何も返事が来なかった。それで二度目のにこれが来たのよ。判るでしょう」

「此方からは何と書いたの」

「簡単な事です。一緒に暮したいって書いただけ」

まだ一度も母が手紙を書いている姿を見た事がないと私はふと無意味に考えた。母が訊いた。

「貴方はどう思って」

若しこの時、私が今少し長じていたならば、祖父の手紙の中に、あのように書かざるを得なかった祖父の絶望を読んだであろう。更にそれを受けた母の心の幾らかをも推し量り得たであろう。母の自裁ののち、私はこの祖父の許へ引取られて行ったのだが、それから祖父が死ぬまでの十年近い間、この時の手紙について祖父は一言も触れなかった。手紙についてばかりでなく、母について何か言うのを祖父は極端に避けていた。今日そこから私が知るのは祖父の哀しみであるが、手紙を見せられた時の私には、そうした事は全く理解を超えていたという以外にない。

「どう思うって」

「酷い事を書くものだ、全く此方の気持を汲んでくれない書き方だって思うかも知れないわね。私も初めそう思ったもの。でも、本当はそうではないのを知らなくてはいけないわ。今、一番正しいのは、きっとああいう考え方なんです。ただ、手紙にあるような此処での生活って、果してあるものかしらね。いいえ、決してあるとは思えないわ」

言葉だけが虚しく私の周りを過ぎて行った。私が馴れていたのは母に愛される事で、物を説き聞かされる事ではなかった。母もそれに気附いたかも知れない。別の事を問いかけた。

「河内さんを見送りに行った時の事を憶えていて」

「憶えてるよ」

「あの時は二度目の手紙を出した直ぐ後だったんです。そうした時、身近から帰って行く人がある。異様な感じだったわ。文鎮をあげたわね。勿論大して意味があったわけじゃありません。でも、何かの形で向うへ行く人に訴えたいという気持があったのは確かよ。お祖父さまの手紙は、そんな気持を根こそぎにしてくれたわ。結局何にも無いのよ、私たちの周りには。見て御覧なさい、この薄暗い隠居所。貴方は此処から毎朝出掛けて行って、帰って来て、御飯を食べる。私は一日此処にいる。若し、此処での生活があるとしたって、唯それだけのものじゃなくて。それが生活と呼べて」

「だってそれなら何処へ住んでも」

火に喪われたものは返って来ないと私は言いたかった。火を浴びてから半歳が過ぎ、高台には再び青い草が芽生えて、今東北を包んでいると同じ闇に揺れているであろう。しかしそれも私たちとは過去でしか繋がらぬ遠い場所の事である。

「いいえ、違うのよ。物質的な事ばかり言ってるんじゃないんです。焼けた家をまだ忘れていないでしょう。あの家では、お父様の部屋にはちゃんと元通り机が置いてあったわね。掛けた絵も元の儘だったわね。硯箱の中の墨一つだって昔と変ったようにはしなかったつもりよ。毎日暮して行く上には、そういう事が是非必要なんです。お祖父さまを頼ったのも、矢張りそれと同じようなものを求めたからなの。御一緒に住めば、少しは昔に近いような生活が出来るのではないかと思ったのよ。戦争が続いている間は、戦争中なんだから仕方がないと思う慰めがあったわ。でももう戦争が終ってしまえば、これ以上世間が変ってそれと一緒に私たちの生活まで変る期待は持てないじゃありませんか」

母は次第に俯いて私を見ず、私は間近に向き合う母の髪油の香を嗅いだ。かつてはその同じ香に取巻かれ、腕に縋って眠ったこともあった。

「今日来たのは二世の人だったわ。毎日午前中だけ手伝ってくれればいい、お礼は役場の書記さんと同じ位差し上げるというの。きっと羨しがられる程の仕事でしょうね。その気になれば、充分それで生活を立てて行けるでしょうね。でもそれは出来ないの。判って」

「此処で冬が越せないから」

河内を見送りに行った帰りの河原で、母が冬について言ったのを私は憶えていた。あの時は夏の終りの陽に水が光っていた。

「そう。ただ寒いだけじゃない。私たちだけで、何も無い所で、寒さに閉じ籠められてしまうのよ。それも今年の冬ばかりじゃなく、ずっと続いて行くのよ。そんな事、想像もつきはしないわ」

聞きながら私は、自らの考えの周囲を絶えず経廻《へめぐ》っているような母の言葉の裏にあるものを必ずしも全く理解しなかったのではない。しかしその総ては結局効ないと思われた。私は何一つ将来について思わず、生活は、これまでと同じものが続いていくのであろうと漠然と感じていただけであった。父の死、二年後の家の焼失、東北への移転と続いた期間は、大きな転変であったに違いないが、その中に身を置いた私は、ただ、周辺に起る幾つかの事件の連続とのみ思って、それの齎すものを思う力に欠けていた。その間に母の裡に起ったものを私は何も知らない。母もまた独りで納めようと努めたであろう。だからその堰《せき》が崩れた時、私に為《な》す術《すべ》はなく、戸惑って、曖昧な儘に話を打切ろうと試みた。

「犬丸の小母さんも、この部屋では冬は越しにくいだろうって言ってたよ。でも、炉を切ったりして手を入れれば、住めなくはないんじゃない。その位、誰かに頼めば直ぐ出来ると思うよ」

言い棄てて立上ろうとした時、母が不意に腕を延ばして私の手首を摑んだ。先刻から話しつつ火にかざされていた筈の母の手は、その日の雨に当ったように冷たかった。視線は低い位置から正確に私に向けられ、若しそれが母ではなかったならば、私は相手は狂ったと信じたに違いない。

「判ってはいないのね。これだけ言ってあげても」

極度に感情を押し殺した泥の底から湧くような声が言った。それから長い沈黙が落ち、私はその間、何時も低く聞えている裏の河の流れの音に強いて耳傾け、闇の中を流れている水の冷たい色を思い浮べようと努めたがそれは出来なかった。

「何から何まで、昔通りだと思ったら大間違いよ」

遂に母が始めた。唇の端が意志に抗って何度か引きつれるのを私は見た。そして言葉は、私に向って説くよりも、母自身の胸にあるものを訴えるように流れ出て来た。

「もういやになってしまったの。本当にいや。疲れてしまったのよ。特に貴方と暮すのにね。これから先どんな事があっても、此処がどんなに住みよくたって、周りの人がどんなに親切だって、もういや。貴方と二人だけで顔つき合せて暮して、一切合財を頼られ切って、それ以外に何もない生活、こんな生活がこれ以上続けて行かれるとでも思ってるの。よかったら、貴方一人で続けなさい。そう、それで自分でいろいろと知るといいわ。そうすれば、今みたいに独りで倖せそうにしているのが、どんなに間違いか判る筈よ」

母の一語一語が私の気持に棘《とげ》を植えて行き、私は密かに舌を嚙み、頻りに生唾を呑み下して漸くに耐えた。

「そう言ったって、他に仕様はないじゃないか。そんな詰らない事言ったって」

私は激して叫ぶように言う弾みに、燃え尽きた炭の白い灰を吹き飛ばした。その様を見て母は何故か笑った。化粧を落している顔に襞《ひだ》を刻んで拡がって行くのが判るような笑いであった。

「死ぬのよ。そうすればいいじゃないの」

平静に立ち戻って母は言った。この時以後、何度この言葉を私は反芻《はんすう》したかしれないが、その度にそれにつれて一つの情景が思い出される。私たちが東北へ来た時は夜汽車の旅であった。固い三等車の窓枠に凭れて浅く寝苦しく眠り続け、何度目かに眼醒めた時、恰度夜は薄く明けかけて、列車は林の中を走っていた。前の席には母も既に起きて窓越しに外を見ていた。林の木々はまだ闇の名残りを含んで黒ぐろとし、時に赤い光が閃くのは、私たちの車輛の直ぐ前の機関車の罐《かま》の火が映えるらしかった。深い林を漸く出外れると、遠くには山があった。明け方の白さを増した空を背景に、それは滲むようになだらかに連っていた。

頂《いただき》は雪が覆っているに違いなかったが、それはまだ薄明に溶けていた。母は矢張り姿勢を崩さず、その視線は山の稜線の辺りに固定されて動かず、周囲の人がまだ眠っている中で母の眼だけが冴えた。

この時母の眼が何を映していたか、母の裡に吹き荒れていたものが何であったか明らかでないが、母は常に孤立して過さねばならぬ生活の影と向き合っていたように思われる。死もまたその中から次第に形をとって来たものであろう。だがそうした母の心と、私が結局は無縁であったのは、母が死を言った時、ただ怖れをしか感じなかった私の心が証している。

死について、私が全く経験を持たなかったわけではない。二年前私は、父が病み、衰え、消えるように死んで行った殆ど一切を見た。しかしそれは単に見ただけに留って、私自身に直接関るものとして考える何等の感覚も養うに足りず、死の思い出は、他のあらゆる思い出と同じく、ただ過去へ繰入れられていた事実の甦りに過ぎず、感情に迫って来るものは尠かった。

そう過し得たのは、母が私の傍にあって、その庇護に頼っていたためであろう。親とは倚《よ》り掛り得るものであればよく、父の死は母が在る事で親を喪ったという気持と直接に結びつかずに済んでいたのである。だが若し、母の死が現実となれば、愛されるのに馴れた私の立っている場所は忽ち崩れ落ちる筈であった。明らかな形ではないながら私はそれを感じ、怯えた。

母は、死を私の前に投げ出したまま後は何も言わなかった。何時の間にか笑いは消えて、寒ざむと火の消えた灰を見ていた。そして暫く後、急に何かを思い切るように立ち、縁の障子を開けて出て行った。去った後の障子は隙間が残って雨を含んだ風が吹き込んだが、私は敢て閉て切る気力もなく、意味の知れぬ時間に耐えた。私を包んで寒さが寄せて来、直ぐ前に起った事の一切が現実の色を喪ったような感じがあったが、その中で、先刻、私の手を摑んで見上げた時の、母の眼の色だけが際立って私の意識に遺っていた。

今までに、私は何度母の自裁前後の様子について、周囲の人から聞き訊《ただ》されたか判らず、その度に概ね素直に答えてはいたが、ただ一つ、この時の母の眼については決して言わなかった。母が実際に精神の平衡を失っていたかどうかは判らない。しかし、事実はどうあっても、あのような表情を示した母を私独りが知っていることで、却って母と深く結ばれていると思う気持が私の裡にはある。

闇の中へ出て長い後に、母は戻って来た。髪から肩へかけて雨滴が光ったが、外で何をしたのかには触れず、

「寝《やす》みましょう」

と言った。牀をのべて、燈が消された。私は寝つける筈もなく、暗い中に母の方を窺って瞳を凝らしたが、母は動かず、息遣いすら聞えなかった。眼は次第に闇に馴れて、私に背を向けているらしい母の、きつく結った髪の影が見えて来た。

かつて数多く繰返された母との諍《いさか》いの時、ゆくたては様ざまでも、最後には自然に許され、許されたと感じる時には、肌を温め合うにも似た静かな歓びがあった。そうして、過去とは全く異った筈のその夜も、私は矢張り同じ感覚に縋《すが》ろうとした。再三の躊躇の末、私は声をひそめて母に呼びかけた。

「ね、死なないね。死ぬ事、ないね」

ややあって、母が呟いた。

「ええ、お寝みなさい」

私はかつてのように母との和解が成り、後には何も蟠《わだかま》りは無いのだと信じ、その錯覚のうちに眠った。

これが母の消える三日前の事であった。それから二日、常と同じ生活があり、三日目、母は在郷の百姓から僅かの米を購った。そしてそれを布の袋に入れ、私の方に掲げて見せて言った。

「このお米、どの位あるか判って」

「二升くらい」

「そうよ、二升。よく判ったわね」

母の唇から微笑が拡がり、暫く袋を弄《もてあそ》んでいたが、やがてその儘の表情を変えずに言った。

「もう、死ぬわよ。いいわね」

袋は母の手から離れて、畳に重い音を立てた。私の感覚は母と再び親しみ合えたと信じる中に眠って、母の裡にあるものを読めなかった。それにしてもこの時、母が何故柔かい微笑を見せたか、私には判らない。

河の中洲に雨は止まず、向う岸の山から靄が這い降りて来て、寒さは一際募った。部落から舟で薪が運ばれ、若い男が二人、それを篝の消えた跡に積んで火を点じた。火は長い事くすぶって煙を挙げた後、漸く炎をあげてそれは間もなく盛んになり、雨に抗うように赤あかと燃え立った。人々は火の近くに寄り、遺骸の傍にいる私の方を目立たぬように見ていた。

私は俯伏せになっている母の顔を見たいと思った。火の方を顧みると、老人が近附いて来た。私がその旨を告げると彼は、

「そうか。矢張りな。母だもの。なあ」

と言い、若い者を呼び寄せた。

青年の一人が母の両足首を持ち、一人は肩を支え、彼等は小さく懸け声をかけて屍体を仰向けにした。頭の部分が石に当って鋭く鳴った。

露わにされた母の顔は無慚《むざん》に傷ついていた。私は、反射的に眼を背けようとする自らを強いて、それを瞶《みつ》めた。左半面は大きな石で強く圧されたように歪み、その力は更に鼻梁にも加わって、激しく右側へ圧し曲げられていた。肌は、その部分を中心に半ばが痣《あざ》のように変っていた。眼は開かれていたが瞳は見えず、濁った白眼だけであった。初め遺骸が俯伏せにされていたのは、このさまを私に見せまいとする周囲の人たちの心遣いであったかも知れなかった。

「いたわしいな」

老人が呟き、私は其処に籠められた私への劬《いたわ》りを諒解《りようかい》したが、私自身の気持は酷く渇いていて、何の感情も芽生えて来はしなかった。母は確実に死んで私の足許にいる、ただそれだけの事であった。雨は母の傷ついた面を洗うように容赦なかった。

ふと私は、母が私から去った翌日、失踪の噂を聞いて私を訪ねて来た友人の言った言葉を唐突に思い起した。彼はこう言ったのである。

「若し、今、母さん見附かったって何処かから知らせて来たら、お前、どんなに歓ぶだかなあ」

この時も、友人と私の気持は離れていた。母が消えたのに私は愕き、その行方を案じてはいたが、仮に母の帰還が現実となったとしても、それを歓びと思う感覚からは遠かった。総てについて何かを夢みる力を、私は欠いていたのである。だから、生前の影を全く喪った母と対して、私が何事も思わなかったのは、寧ろ当然であったろう。

制服の巡査が近寄って来た。

「母さんに間違いないか」

私は頷いた。死の手続はそれで終った。棺が運ばれて来た。粗く鉋《かんな》はかけてあるものの、木肌の各所がささくれ立って、しかも長さは五尺にも満たぬように見えた。石の上に置かれた時、それは安定を失って傾いたが、その音も軽かった。

「棺に入れるで。いいな」

老人は言って、私の答を待たず、母の肩を持上げた。私は母の肌に触れ得ず、傍の青年が足を持った。母の体は頭から棺に入れられたが、棺は体に比して矢張り小さく、足は入らなかった。青年は戸惑って中腰のまま老人の方を見た。

「腰をよじって足を曲げるんだ。そうすれば入る」

青年は力を籠めて母の体をやや横向かせ、それから膝を曲げようとした。だが、屍体は硬直して抗った。

「そろそろやったって駄目だ。強く思い切ってやれ」

青年の手が母の膝にかけられると、直ぐ、大きく、しかし鈍い音が響いた。それは骨の鳴る音であった。青年は「おっ」と声を挙げて一度手を離したが、それで却って勇気を得たように以後は手早く片附けて行った。そして母は胎児のような形で棺に納った。

老人は懐から小刀を取り出すと私の後へ廻り、少し長くなりかけていた私の髪の裾を切って、有合せの紙にくるみ私に差出した。

「入れてやれ」

私は受取って母の頭の傍に入れた。それだけが母と共に葬る総てであり、その事だけが、母の納棺の儀式の総てであった。

棺の蓋がされ、数箇所に槌《つち》で釘が打たれた。

「お別れだ。苦労しただな。お前の母さんも」

何時か傍に来ていた犬丸の主人が言った。

この頃、漸く雨は上った。篝の火は再び尽きかかって、余燼《よじん》をあげた。風が吹き募っていた。冷たく、それは十一月の半ばを知らせた。その風に呼び起されたように、それまで紛れて聞えなかった流れの音が、高く響いて耳に入って来た。私は水際へ寄って流れに眼をやり、母も長い間この同じ河を見たのだと考えた。心持ち濁った水は早く、洲に鳴り、浪立って流れた。見るうちに、初めて私は涙ぐんでいた。

老人の私を呼ぶ声がした。振向くと、棺は舟に積まれて、洲を離れようとしていた。

夏の日の影

十四歳の時、私は父の死に出会った。昭和十八年のことである。それは極めて唐突に訪れて、そして足早く走り過ぎて行ったように、今私は思う。

父が発病した当座は無論のこと、病が重って入院してからでも、私は、父の死を予感してはいなかった。父は大学に美術の講座を持ち、傍ら雑誌などにも文章を書いていた。趣味による若干の絵画や陶器の蒐集もあり、週の半分は家で仕事をしていた。その身辺は常に静かであり、十二月の喀血に始って、翌年九月の死に到る期間は、そうした父の周囲が初めて賑いをみせた時間として私の記憶の裡にある。

父の発病の時期を私は正確には知らない。ただ、戦争の始った十二月八日に、父が既に病んでいた事は明らかである。その頃父は書斎のための離れを建てようとしていた。母屋はかつて前住者から買い受けたもので、書斎は父が初めて試みる普請であり、朝眼醒めると直ぐ普請場を見廻るのが父の日課であった。十二月八日には、あらかたの骨組を終る段階であり、普請場は鉋屑《かんなくず》に埋もれて、釘を打つ音が頻りに響いていた。働いている大工の吐く息がそれぞれに白く、家の周りの土を霜柱が高く持上げていた。

「戦争ですね」

仕事の手を休めぬ儘、棟梁が言った。

「そうだね」

父は無関心に言い棄てて、半ば張りかけている床の上へあがり、何時ものように内部を見廻した。そういう時父には、右手を腰の辺りに軽く当てる癖があった。その日も父は、同じ姿勢をとったように思う。そして、

「左官屋は何日頃から来るのかな」

と言った。その言い方も常と同じようであった。変った事は直ぐ後に来た。父は不意に床に膝をつくように跼《かが》み込み、短い間耐えていたが、その肩が鋭く動くと激しい乾いた咳が吹き上げて来た。私はそうした咳をそれまで聞いた事がなかった。咳は次々に畳みかけるように父の咽喉を襲い、無理に抑えつけようとする父の頸筋は赤ぐろく怒張した。漸く一時納ったかと思うと、また忽ち咽喉が笛のように鳴って、同じ事が繰返された。普段でも痩せている父の肩は、何かの折にそそり立つ感じに見えたものだが、その時は殊更それが際立って、羽織の下に嶮《けわ》しく動いていた。かなり長い間発作は続いたと感じられたが、私も棟梁も、為す術なく、跼んで

いる父を見下す他なかった。やがて、二、三度咽喉が深く鳴って咳が収まると、父は傍の柱につかまって立ち、袂から懐紙を出して口の端を拭い、うるんだ眼で私を顧みた。

「家へ入ろう。今日は少し寒過ぎるようだ」

母屋へ引返して直ぐ、私は学校へ出掛けてしまったから、その後何が起ったかは知らない。そして、夕方茶の間に入って行くと、掘炬燵《ほりごたつ》に向って父が俯いていた。瞬間私は、父が今にも咳き始めるのではないかと惧れたが、父は唯、戦争を報じた新聞の紙面に見入っていたのである。私も父に向き合って炬燵に足を入れたが、朝の父の姿が重苦しく思い出されて、話し掛けることが出来なかった。長い間互いに黙り続けた後、父は不意に音を立てて新聞を畳むと、言った。

「矢張り強いんだね、日本は」

何気なく口にされた言葉であったに違いない。しかし、呟きに似た口調でそれを言う父の表情には、何か弱々しい暗さがあって、私は頷く以外、何も言えなかった。

離れは三月になって完成した。書斎を中央に、簡単な客間と書庫とがあり、父は生活の多くを其方へ移したが、その書斎には常に牀が延べられてあった。その枕許に、水差しと散薬の包を見る事も多くなった。たまさかの来客に、母は、父の容態が思わしくない旨を告げていた。

庭の一隅に椿の大樹があった。離れが建つとそれは恰度書斎の窓の正面に位置するようになった。紅い花は寒いうちから開き始め、春先には次々に首からもげて落ちる。その、花の落ち方の繁くなった頃、私は晩の食事を知らせに父の部屋に行った。父の部屋はまだ燈も点《とも》されずに暗く、私は父が眠っているのかと思ったが、そうではなかった。音を忍ばせるように襖を開けると、父は敷き放しの牀の上に趺坐《あぐら》をかき、敷居際の私の方に正確に横顔を見せていた。思わず惹かれて父の視線を辿ると、その行き着く先には、闇に溶けて花の色さえ瞭《あきら》かでない椿の樹があった。風は吹かず、椿の葉は動かず、花の落ちる気配もなかった。暫くの間、私は棒立ちの儘、父と窓外の椿の影とを見較べた。やがて父が枕許に置かれた有明に手を延ばして燈を点し、私の方を振り向いた。

「御飯の支度、出来たのかい。直ぐに行くよ」

口許には微かな笑いがあった。そして私はそう言った父の声が、水の底から発せられたもののように、重い響きを伝えたのを憶えている。

この時期に関する私の記憶は、概ねこうした断片的なものでしかない。それ等は、父について思う時直ちに浮び上って来る程私の裡に鮮明に遺されているものではあっても、飽くまで一つ毎《ごと》の絵として其処にあるに過ぎない。それは、私の幼さが父の事よりも学校等で過す外の時間に気を紛らされていたためとも言えるであろう。父の体の異常は、確かに私の注意を惹くものではあっても、多くの時、私はそれを忘れていて、幾つかの瞬間に改めて意識させられるような形になっていたのである。私は、父が冒されている病が何なのかをさえ、敢て知ろうとはしなかったと思う。

それを知ったのは、父の最初の喀血の日である。普請場で咳き込むのを見てから、略《ほぼ》一年が過ぎていた。その日、昼の食事の後片附けをしていた母は、離れから父が呼ぶのを聞いた。声に何か迫ったものを感じて急いで行こうとした時、離れの入口で硝子の割れる大きな音がしたそうである。愕《おどろ》いて、足袋跣《たびはだし》の儘離れへ駈けつけた母は、父が割れた硝子戸に凭れるようにして立ち、激しく喘いでいるのを見た。眼は極端に見開かれて、母は瞬間たじろぐ思いであったという。母を呼ぶだけで力を使い果してしまったらしい父に肩を貸して座敷に足を入れると、牀の周り一面に血は拡がり、散っていた。

これだけの事実を、母は遅くなり過ぎた夕食の席で私に告げた。母は膳の上の物に殆ど箸をつけず、毎朝熾《おこ》したての炭火で一日の分を焙《ほう》じるのが慣いの茶を淹れて、頻りにそれを口に含んだ。

「これから当分、絶対安静ですって、結核は長いわ。若しかすると、このままという事だってあるかも知れない」

最後は独り言のようにして言われた。母は両手で茶碗を包むように支え、その眼は私を見ず、私の背後の壁に据えられていた。この時の私は母の言う意味を直ちに感じ取る事が出来た。母が父の死について思っているのを私は理解したのである。だが、そう知った時、私が何を思ったかは、記憶にない。寧《むし》ろ、何かを思ったに違いないと推測するのは、現在からの溯行《そこう》であって、私はその時、何事も思わなかったかも知れない。常に共にいるものと信じて疑わなかった肉親の存在が死によって欠け落ちるという事態を想像し得る程、まだ私の観念は陶冶されていなかったであろう。

しかし、そうした私の気持に関りなく、父の病状は変化して行った。一応の小康を得るのを待ちかねて、三月には入院した。その際、長く敷いた牀をあげると、下の畳は腐っていた。第三病棟八号室という父の病室の入口には、重症者を示す赤塗りの木札が懸けられた。この札は、恢復の目処《めど》がつくと赤白の染分けになり、更には白塗りに変る仕組であったが、四箇月の日が経っても、父の部屋の札は変らなかった。

夏が始り、酷暑の日が続いた。この年の暑さは一際《ひときわ》で、郊外では井戸の涸《か》れたという話も聞かれた。後になって考えれば、そういう中で、暑気に蝕まれたせいもあってか、父の死が早く進み始めていたのである。

七月に入ると、母は殆ど病院に詰め切りとなり、親戚の者たちが代る代る来ては泊って行くようになった。その結果、次第に私は両親のいない家の空気に慣らされて行ったようである。

私たちの中学は夏期休暇に入っていたが、毎日午前中だけ水泳訓練が行われていた。それは国民皆泳といった風な事が唱えられた時代の反映であったろうが、仮令《たとえ》通り一遍でも泳ぎ方を覚えてしまった者には遊び以外ではなく、私は、冷たい水に潜り、消毒の薬を投じてあるためか、緑に近い水の色を眼にするのを楽しみに、毎朝早く出掛けて行った。しかし、昼近くそれが終ってしまうと、私は家に帰るより他なく、午後の時間は概ね独りで過した。後まで長く続いた午睡の習慣は、この時についたように思われる。眼醒めて後はさしての興味もなく本に眼を曝《さら》した。その読んだ内容の殆どを今は憶えていない。時には、それにも倦《う》んで、唯、庭に眼を遊ばせる事もあった。私は初めて、時間の長さというものを知った。

病院に父を訪ねるのは、こうした日課の単調を破る唯一の事であった。父は常に薄い夏掛け一枚をかけて仰向き、私が入って行くと其儘の姿勢を崩さず、僅かに眼だけ動かして私を迎えた。この静かな仰臥《ぎょうが》のさまは、私が今でも最も鮮明に持っている晩年の父の像である。

或る時父は地図を見ていた。寝台の枕許に取附けられた寝た儘で利用出来る書見台に、一葉の地図を挟んで見ていた。何処の地図かはっきりしなかったが、面の半ば近くは海で父の眼は海岸線を追っているらしかった。

「この海岸はね」私が地図を覗いたのに気附くと父は言った。「岩がいいんだよ。小さな岬が幾つもあってね、その海に面した崖の切口の岩に、三色の横縞の模様があるんだ」

父は自ら絵筆は持たなかったが、風景を見る事は好きで屢々小旅行に出掛けて行ったのを私も知っている。

「一番最近行ったのは、一昨年の恰度今頃だったかな。陽が強いのには閉口したけど、海が澄んでいてしかもすごいような蒼さでね、岩に映えてるんだ。土地の人は、海が荒れている時の景色がまたいいって言ってたが、お父さんの行ってる時は凪《なぎ》ばかりだった。お前はそんな所を歩いてみる気はあるかい」

「行ってみたいな。泳げると猶《なお》いいな」

私は学校の水の色を思い出しながら答えた。

「遠浅というわけには行かないけど、泳ぎは出来るさ。お前ももう中学生だから、お父さんと一緒に旅行にも行けるだろう。何、病気がよくなれば、そんな機会は幾らでもあるよ」

父は指を挙げて地図の海岸線を辿った。

「この崖の裾に沿ってだって歩ける。時々波をかぶる覚悟さえすればね」

「いいよ、波ぐらいかぶったって」

私は他愛なく父の話す世界の中に入り込んでいた。岩の三色の縞は判らぬまでも、海と波とは私にも親しく、私は楽しみ、期待した。

「行こうよ。来年には行けるかしら」

「そう、このまま癒ればね。一緒に行けるよ」

そう言うと父は、書見台から地図を外した。私はそれを手に取って、更に何か言おうとしたが、その時看護婦が入って来て、父に体温計を差出した。父は黙ってそれを受取り、腋窩《わきのした》に挟むと眼を瞑《つむ》った。話し止めると周囲は音もなく、病院の午後は塗り籠めたように静かであった。

「お前、相変らず水泳には行ってるのか」

暫くして、眼を閉じたまま父が聞いた。

「うん、行ってる」

「そうか、無理するなよ、あれは体に応えるから」

この時私はふと、もう何年も前に或る夕食の時、父が、「お前、高等学校へでも行くようになったら、弓をやってみるといいよ。鍛えるにはあれがいいんだ」と薦めたのを思い出した。生来の虚弱体質に悩まされる事の多かったという父は、私に自らにはないものの期待と、同時に危惧とを併せ持っていたに違いない。だがその時の私は、それを深く慮《おもんぱか》る事はなく、それから私たちは様々に話した。話と言っても、極く日常茶飯の事を父が跡切《とぎ》れ勝ちに聞き、それに私が答えるので、交した言葉数は決して多くはない。しかし、医師の回診があったのをしおに病院を出て来た私には、照返しの激しい舗道を歩きながら、新しい満足の気持があった。それは私が父と対等に話したという歓びかも知れなかった。健康な頃の父が来客を客間に招じ、絶えず煙草を手から離さずに話しているのを、私は幾度か見た事がある。その時父は静かに跡切れ勝ちに話し、客もまた同じように受けていたものだ。それと等しい空気が、その日私と父の間にもあったと私は信じた。父の病が尋常でなく、それを看取《みと》るために私は病院へ通っている筈であったが、そうした事は、何時か意識の蔭に押しこめられてしまっていた。

だが矢張り、十四歳の私は、病む父の心を知っていたとは言い得ない。数日経って、今日も父と話そうと心に弾みを感じつつ病院へ行った私は、病室へ入るなり父がこう言うのを聞いた。

「向う側の病棟にいる病人がひどく咳をしてね。煩《うるさ》くて仕方がないんだ。今日は早くお帰り」

「眠れなかったの」

そう聞き返した私には、まだ軽い気分があったが、答えずに眼を閉じてしまった父の表情は、顳顬《こめかみ》に蒼黒い血管が浮き、疲れと不機嫌が露わであった。裏切られて私は母を顧みたが、母は私を見ず、今取込んで来たばかりらしい洗濯物を畳んでいた。その手附きには故意にする熱心さがあり、私は諦めなくてはならないのを知った。

それ以後、私にとって病院もまた虚しい場所となった。父との間の、これまでとは異質の感情の通い合いにも似た歓びと、その早過ぎる崩れは私を怯えさせ、病院へ向う私の足を間遠にさせた。母は、そうした私を或る程度感じ取ったかも知れない。久方振りに暇を見附けて家に帰った時、その時も寝そべって本を読んでいた私に言った。

「貴方は、そう病院へ来なくてもいいのよ。私がずっと家にいてあげられないのは悪いけど、病院も楽しくないでしょう。大人の病気にはいろいろな事があるんです。所在ないのだったら、お友達の所へでも行って御覧なさい」

私は黙っていた。極く幼い頃から、家の外へ出ず両親の感情の中だけで育てられて来たと言っていい私は、殊更親しい友人を持っているわけではなかったが、その、恐らくは軽い思いつきから言われたに違いない母の言葉を聞いた時、切実に、人恋しい気持が萌《きざ》して、友人の誰彼の事を思い廻らした。このことは私自身半ばは気附かぬうちに、酷く鬱屈していた私の気持を、あからさまに示しているように思われる。

私は、木島を訪ねる事に決めた。木島の家は農家で、林のような深い木立を持ち、広い庭に鶏舎があった。黒い庭の上は何時も柔かく湿っていて、かまびすしい蟬の声もその中に吸われて行くようであった。木島の挙止もそういう家の雰囲気にふさわしく、体格に秀で、話す時には一言ずつ躊うように話す様子には、年上の友人の感じがあった。私が彼を訪ねようと思い立ったのも、無意識に、こうした彼の性格を頼っていたためかも知れない。

私が行った時、木島は、恰度上半身裸体になって、畑へ出ようとしていた。それを見て私は、彼と共に畑へ行きたいと思った。畑を耕すとはどういう事か私は全く知らなかったが、家へ上ったとしても、話す事は何事もなかったのだ。

「一緒に行くって言ったって」と木島は訝《いぶか》しそうに私を見た。「面白い事は何にもないよ。暑いよ」

「いいよ。一緒に行こう」

私は言い張り、木島は苦笑して応諾した。

その日作業をするという菜園には、木島の父が、木島と同じような麦藁帽を被り、蹲って仕事をしていた。其処はかなりよく手入れされていて、雑草が目に附く程ではない。それでも私に出来る仕事は草取り位しかある筈もなく、私は茄子《なす》の植えられている部分に踞み、手を土にさし延べた。陽に乾いた土は熱く、砂のように指にまぶさった。所々にある草は根を浮かされているようで、軽く引くと他愛なく抜けた。私は茄子の根を踏み傷めぬように気を遣いつつ、踞んだまま躙《にじ》り歩いて忽ち疲れた。木島はと見ると、父親と共に少し離れた胡瓜《きゆうり》の畑に行き、蔓《つる》をからませた細竹を立て直していた。私は彼等が私に関って来ないのに安堵して、再び草を取り始めた。汗は手の甲にまで滲み出し、土は其処で湿ってまつわったが、私はそれも不快には思わず、時に手を休めては、小さく実った茄子の実に触れたりした。謂わば私の裡には、快い空虚があったのである。だから、どれ程の時間が過ぎたのかは判らない。

けたたましい犬の啼き声がした。

「そら、追え、追え」

木島の父が叫んだ。驚いて私が立上ると、鍬《くわ》を手にした木島が、菜園を囲む垣根の根元に小さな犬を追いつめていた。犬は垣根に身を押しつけられながら、それでも横へ横へと逃げた。木島の父がそれを先廻りして捕えようとする構えをみせた。その時、鍬の刃が犬の体に当ったのか、犬は人間に近いような悲鳴を挙げて飛上った。すると木島の父の手が敏捷に動き、殆ど犬を空中から叩き落すようにして地面に抑えつけた。犬の声は絶えた。

「掘れ、穴を掘れ」

木島の父の声は喘ぐようであった。木島の鍬が畑の間の道に向って振り降された。急調子にそれは繰返され、みるみる土が盛上った。私は茄子畑に木偶《でく》の如く立った儘、茫然と一切を見続けた。やがて穴は掘られたらしい。木島の父はまだもがいている犬を両手に把《つか》み上げると、穴の中に押し込んだ。木島が素早く上から土をかけた。そしてその後、二人で踊るようにして踏み固めた。それで総てが終ったらしかった。木島が私の方を振り向いたのはその時である。私が見ているのを知ると何故か笑った。笑った時、歯が際立って白く見えたのを私は忘れない。

「此方へ来ないか。もう其処はいいよ」

彼が呼掛け、曳かれるように私は彼等に近附いた。

「犬が来て、わるさばかりするものだからね、埋めちまったんだ」

木島の父は、そう言ってまた爪先で埋めたあとを蹴った。

「生埋めですか」

無意味な事を私は聞いた。今度は木島の父が声を出さずに笑った。

「そうさ。まだ中では生きてるでしょうよ」

木島が膝を折り、地面に耳をつけた。少しの間そうしていた。

「あ、聞えら。犬が啼いているのが聞えら」

木島のこういう言葉遣いは、それまで私の聞いた事のないものであった。若しかすると彼は昂ぶっていたかも知れない。私はそれに衝き動かされて地面に体を寄せた。長く耳を澄ますまでもなかった。犬は生きて、啼いていた。細い、搾《しぼ》り出すような声が地の奥から聞えて来た。声は私の体に遍《あまね》く滲み透り、私は怖れた。犬が今にも地を破って私に飛びかかって来るのではないかと怖れた。

「帰る」

膝は地面に突き、顔だけ挙げて私は言った。木島の父がまた笑って私を見下した。

「そうですか。慣れないから疲れたでしょう」

と彼は言い、何気なく附加えた。

「犬の一匹ぐらい、どうやったって何でもありませんよ」

私は独りで帰るつもりでいたが、木島は後から従《つ》いて来た。

「野良犬が来ると、何時もあんなにして埋めちゃうのかい」

そう聞かずにいられぬものが私の裡にはあった。

「僕は初めてだよ。親父は前にもそうしたって言ってたけど。第一、もっと大きな犬だったら、あんな風には出来やしない」

木島の声には、既に何時もの年長者めいた響きが戻って来ていた。しかし、その事は却って私を傷つけた。もうそれ以上話す気もなく、黙って歩きながら、私は、木島の家を再び訪れはしないであろう事を、ほぼ正確に予測していた。

常日頃、私が殊更に生き物を愛していたわけではない。しかし見知らぬ野良犬にせよ、生きているものが、何の感情をも持たぬ一種の熟練した手附きによって眼の前で消された事は、私の気持をかき立て、不安になる程に苛立たせた。また私が道徳を意識していたわけではない。ただ木島父子の動きの裡には、私が耐え得ない強さがあったのである。

結局私は、極めて漠然とながら、信を寄せ得ると思って近附いて行った友人に、厳しく裏切られた事を納得しなければならなかった。この時私が今少し長じていたなら、孤独という言葉に行き着いたであろう。だが自分以外の世界に触れる事の尠かった私の観念は、まだ其処までに到ってはいなかった。けれども私は自分の胸の裡に、かつて知らぬ冷たく重い感情が大きく腰を据えたのだけは感じた。

「いやだ、本当にいやだ」と私は思わず声に出して叫ぶように言った。そしてそれを聞く私自身の耳に、埋められた犬の悲鳴が重なって響いていた。

若し、父の病が更に暫くの小康を保ったならば、私は自らに新しく根づいた感情と顔つき合せて過す日々を余儀なくされたであろう。しかし、最後の所へ来た父の病状が私を違った方向へ導いた。

九月一日の午過ぎ、私は病院から呼ばれた。この日は二学期の始業の日であり、私も学校へ行き、午前中だけで戻って来たところへ、病院に泊っている母から電話があったのである。危篤ということであった。

父の病室の入口まで行くと、扉を開け放ち、代りに白の紗幕を降した中から、男の声が聞えて来た。話している内容までは判らなかったが、その抑揚には聞覚えがあった。私が入って行くと、その人は振向いて言った。

「おう来たか。割に早かったな」

私は彼を〝桧田の小父さん〟と呼んでいた。父の学生の頃の同級生で、美術に興味を持ち、画の蒐集もある人だという位しか知らなかったが、二十貫は超えそうな体を人力車に乗せて訪ねて来る姿は、日頃見馴れたものであった。よく笑い、よく話し、その点で父と対照を為す人であり、その調子は、恐らくは死の近い父のいる病室でも変ってはいなかった。

「父さんは寝てるよ。此方へおいで」

彼がやや軀をずらすと、父の顔が見えた。白布で覆われた寝台に父は半ば埋って土色に見えた。表情はなく、私は瞬間面を逸らそうとしたが、何かそれを憚るものがあった。強いられたように立ち続けると母が言った。

「お昼前、大変な苦しみだったのよ。貴方も今日はずっと此処にいてね。退屈でしょうけど、帰ってはいけませんよ」

私はその意を知って附添部屋に上ったが、其処で私は何もする事がなかった。風の吹き通らぬその部屋は、午後の暑さが畳まで這うようであった。私の肌はすぐ汗を吹いた。

それから長い時間が過ぎ、漸く陽の翳る頃から、父を取巻く空気が早い速度で変って来た。酸素吸入器が取附けられた。父はそれの方へ正確に口を向けて息をした。桧田氏は、次々に集り始めた人たちの為に、空いている病室を借りた。人は、来ると先ず父の病室に顔を出したが、酸素吸入器の下で喘いでいる父を見ると、見舞らしい言葉は何も言わず、黙って空部屋へ退いて汗を拭いた。午後七時頃には二十人近い人が集った。

父は普段、来客の前に私が出て行くのを固く禁じていた。だから、父の知っている人と私が接するのはこの夜が最初であったが、それから受けた印象はかなり異様なものであった。提供された病室からは寝台が取払われ、代りに四脚の長椅子が入れられた。それでも坐り切れない人々は壁際に立った。互いに見知らぬ人も多い筈であったが、こういう時、こういう場所では、人々は直ぐ親しくなるように見えた。

「幸福な人というんじゃないかな。ああいう人を」

と言ったのは、父と同年配くらいの画家である。

「彼の親父も私は知ってましたが、これは明治の中ごろに田舎から出て来て、一代で産を為した、謂わば立志伝中の人ですよ。親父さんは、四、五年前に死にましたが、彼はそれまで殆ど生活のために金を稼いだ事はなかったでしょう。そういう風にして出来上った人なんで、世間では評論家なんて言われてたが、本当は鑑賞家ですよ。書いた物もその点を汲んで読むべきなので、理論よりも、感受性が豊かな所に特色があったと言えるのじゃないですか」

画家は周囲を見廻し、結論づけるように言った。

「もう、ああいう人は出ませんよ。ええ、出やしません。こう時代が悪くなってしまってはね」

周りで聞いていた二、三人が頷き、彼等の中では、父は正確に死んだようであった。

桧田氏が部屋を覗き、画家は眼敏《めざと》くそれを見附けた。

「おう、君、知らせて呉れて有難う」

「何だ来ていたのか」

彼は、人をかき分けるような科《しぐさ》で近附いて来た。

「病室へ行ったかい」

「行った。難しいようだな」

「うん」

「君も色々と大変だな。奥さんはしっかりしてるのか」

「ああ、気が張っているからな。まあ、こうなるのを予想していなかった訳じゃないだろうが、傷々《いたいた》しい位のものだよ」

〝奥さん〟と呼ばれているのが、母の事だと私が気附くのには、少し時間が掛ったように思う。それ程、彼等は私から遠い場所で話していた。

「宮内の死んだ時の事を知ってるかい」

傍から声をかけたのは、私の知らぬ人である。

「いや、知らない。俺は恰度、日本にいなかったから」

と画家が答えた。

「あれは、脳腫瘍《のうしゆよう》だったんだな。酷い頭痛に悩まされていてね。最期のさまは狂い死にみたいと言えるかも知れないよ。ああいうのはいかん。死ぬにしても穏やかに死んで呉れなくては、此方がたまらない」

「何にしてもいいものじゃないさ。人に死なれるっていうのはね」

桧田氏が断ち切るように言って、話題は彼等の共通の知人らしい誰彼の噂へと移って行った。

私はその傍を離れた。離れたのは変って行った話題に興味がなかったからである。後になって、私は屢々この時の会話を思い出し、幾つかの感想を持った事もあったが、その時は、父の死が私の関与し得ぬ所で事実として語られるのを、何か知らぬ重い感覚として感じ通ったに過ぎなかった。

「あら、独りでいるの、此方へいらっしゃいな」

肩に手が置かれて、私は隅の方の長椅子へと導かれた。そう言ったのは、母よりも若い婦人であった。この人も私は知らなかった。

「退屈じゃないこと。お相手がいなくて」

私の隣に腰掛けて、その人は言った。声には私をいたわろうとする響きが明らかにあった。

「召上れな、これでも」

袂から小さな赤い飴玉が取り出された。私は礼も言わずに受取って口に含んだ。薄荷《はっか》の混った甘い味が拡がった。

「お父さまがよくおなりになったら、一度家へ遊びにいらっしゃいな。貴方よりも少し小さい女の子がいますからね」

　頷きながら、私は答えるのが大儀であった。

「お宅のお子さんは、家《うち》のより少し大きかったですわね。もう、六年生くらいかしら」

　そう問いかけた視線の先には、伯母が立っていた。部屋のこの一劃には、親戚の人たちが寄っているらしかった。

「そうですね、恰度そうよ」

　と伯母が言った。だが、この思附きの世間話はそれ以上続きはしなかった。誰しもが無聊《ぶりよう》を感じ始めていたかも知れない。時に蛾が舞い込んで、電燈に何度も当った末、やがて漆喰《しつくい》の天井に張り附いた。婦人は何気なくその方を眼で追っていたが、ふと私を見返って言った。

「でも、貴方もお母さまと二人きりでは淋しくなるわねえ」

　この言葉には一入《ひとしお》の感情が籠められていたが、つい先刻この人自身が言った「お父さまがよくおなりになったら」という仮定とは矛盾していた。私はそれに気附いたが、彼女は気附かぬらしく、何時の間にか私に廻された手が肩に喰い込んで来ていた。その重みを感じながら、私は黙っていた。自分が黙ると、周囲の人の私語のざわめきも遠いように聞えた。桧田氏や画家の近くにいる時、随分声高に話していると思えたが、それも遠く聞えた。

　そうした、恰も眠りに入る時のような気分で暫くいた後、私はまだ肩にあった婦人の手をほどいて立上った。手水《ちょうず》へ立ったと思ったのか、彼女は何も言わなかった。

この時何故、私が外へ出ようと思ったか、瞭かでない。見知らぬ人の私への心遣いを重荷と思ったのかも知れないが、正確ではない。しかし、その後に来た小一時間は、私のこれまでの中で、最も記憶に鮮明な部分である。

病院の裏手は、それまで私の行った事のない場所であった。唯、畑の中を少し行くと、昔の街道へ出るのだとだけ教えられていた。玄関の横の小さな口から出て、私の足は極く自然にその方へ向いた。時計に注意しなかったが、八時は廻っていたであろう。

畑へ出て、先ず感じたのは、夜の明るさであった。私は初め月が出ているのかと思ったがそうではなかった。空は雲が薄く覆っているのか、星は唯一つ、私の頭上高く見えた。それでも夜は明るく、遠くの森や、家のかたちを黒ぐろと際立たせた。家の窓には時に燈があったが、其処に動く人の影は私のいる場所から見えよう筈はなかった。土は白かった。畑にあるのは地を這うように植えられた蔬菜《そさい》であったが、その畝《うね》の間に見える土は、乾き切って、ささくれ立つように白かった。そう言えば長い事雨が降っていないと私は思った。木島の家の畑で土に触れた時の感覚が、瞬時甦って直ちに消えた。

旧街道は、大粒の砂礫が踏み固められた道である。電車が通り、その線路を隔てて反対側に舗装された新道が出来て以来荒《さ》びれたという。道の縁には所どころ高い欅が植えられ、それが粗い並木のように見えていた。そしてその枝も葉も、夜目に判然と浮んでいたのである。

病院から来た畑中の道が、この街道に突当った所の斜め左に、森があった。それは唯の農家を囲む森にしては余りに深いようで、僅かの風に鳴る木のゆらめきにも、何か籠った力があった。その方へ私は向った。幼時顕著であった闇への脅れは、この時は全く消えていたと思う。森の中央に、幅一間程の石で畳んだ道が奥へ延びていた、その傍に石碑があり、「八幡神社」と刻まれていた。この附近の氏神の社ででもあったろうか。入って行くと靴音は石に鳴り、追われて私は足早に歩いた。かなり行った所に石の鳥居があり、それは巨大であった。新しく造られたものらしく、石の色は生なましく鮮かで、二抱えはあると思われる円柱は殆ど天へ向って屹立《きつりつ》した。私は振仰ぎ、更に上の木の枝の隙を通して、矢張り薄白い空を見た。その色が何がなし親しく、私を安堵させた。

鳥居の新しさに較べて、社殿は古く粗末なものであった。昼間見たなら、朽ちている部分が目立ったかも知れない。右手にある寄附奉納者の名を書き連ねた板も、所どころ外れて落ちていた。正面には、これも木製の小さな賽銭箱が据えられ、その後側は数段の階段が社殿へ続き、社殿の表には格子が嵌《はま》って、奥は暗く、見えなかった。格子の上から、長い布の紐が階段の半ば近くまで垂れていた。それは祈る時打ち鳴らす鈴に附いた紐であった。私は近附いて紐を強く牽《ひ》いてみた。吊された三つの鈴が互いに触れ合い、打ち合い、音を出し合って、その音は予想外に重く響き、直ちに消えた。再び私は紐を牽いた。同じように鈴は鳴り、消えた。消えた後は静かで、私は、先刻から聞えていたに違いない、地から湧くような虫の鳴声を初めて耳にした。それは鈴に醒されて鳴き出したかと思われた。

私は軋む階段を二段上り、其処で向直って腰を下した。眼の前に、今私が歩いて来た石畳の道が延び、中途からやや曲って森の木の間に隠れている。大層長い道を来たように私は錯覚し、むしろその錯覚を楽しんだ。蚊が襲って、裾をまくり上げた私の脛《すね》を刺した。私はそれを目がけて叩き、脛の音はまた異様に高かった。それから、私は暫く同じ姿勢でいた。こういう場所、こういう状態では、時間の流れは判らない。

ふと、私は大きく息を吐いた。無意識のそれは、私の奥深い所から流れるように出て来たものであった。そして私はこの時、私の裡に新しい感情がひっそりと水のように拡がって行ったのを忘れない。それを何と言ったらいいか、例えば、激しい不安に長いこと揺り動かされた末、漸く甘え頼り得るものを見出した時の安堵の気持にも似ていると言えようか。私の裡では総てが萎え、唯、その感情だけが生きてたゆたっていた。それはまた、暑い夏の日の疲労の果て、冷たい床に伏した時のあの感触にも似ていた。そして更に、私の味わった他の何物かに似ていたかも知れない。しかし、何よりもそれは私にとって未知の感情であって、それに浸された時、私の中に、これも今までに知らぬ類《たぐい》の充足感があったのを私は憶えている。虫の音の変らず繁く聞える中にいて、私は身に沁みて静かだと思った。その鎮まった周囲の空気へ向って、私の肢体が充分に寛《ひろ》く伸びて行くと思われた。家にいる時、それが自分一人の部屋であっても、私は殆ど常に他の部屋の両親の影を無意識に感じ取っている。しかしこの夜、私は全く独りであり、その味わいを楽しんでさえいたのである。

この時私は、木島の家での経験から得たものと、全く形を異にした〝孤独〟の肌触りを初めて知ったのだとも言えるであろう。だが木島との経験と同じように、それは極めて漠然としか当時の私には感じられていなかった。そうして鮮明に長く記憶に遺ったのは、その時の夜の色である。

不意に風が起った。風は梢を薙《な》いで音を立て、私はそれに促されるように立上って、病院へ半ば走って帰り着いた。九時をやや過ぎていた。一時間余の外出に過ぎなかったわけだが、夜気に馴れた肌に、窓を開け放してあるとはいえ、控室の空気は纏りつくように蒸暑かった。待つ事に疲れたらしい人々の間には、夜汽車の客室のような空気があった。唯、桧田氏と画家だけが変らぬ調子で話していた。声を挙げて彼等は笑った。彼等にとっては、この夜もまた、彼等の感情の経験の範囲内で充分に処理し得るものであるらしかった。私は何故か目立たぬように気を遣いつつ、隅の長椅子に腰掛けた。その坐り心地は、神社の本殿とは著しく異っていた。

父の死が始ったのは、夜半過ぎからである。何時か私は眠っていたのを揺り起された。伯母が私を覗込んでいた。

「お父さまのお部屋へいらっしゃい」

言葉の意味は直ちに諒解された。部屋の方々から私を見つめている視線があった。壁の時計を見ると一時である。伯母は私を促し、跫音《あしおと》をひそめて先に立った。父の室の戸が開けられた時、私は内から激しく風が吹きつけたかと思った。無論、錯覚に過ぎぬ。しかしそう感じるのが当然のような異様さが其処にはあった。病み疲れた眼が光を嫌うのか、電燈の半面は黒幕で遮蔽され、父の顔は暗い翳になり、その中で母が小さな椅子に腰掛けていて、それは白い影と見えた。光の当る部分は黒い石で畳んだ冷たい床が鈍く光って、部屋を荒れて見せた。何気なしに私は、父の寝台を何人かが囲んでいる様を予想していたが、実際は母の他誰もいなかった。思わず私は入口で立止り、伯母が肩の辺りを柔かく押し、父に近寄るよう身振りで示した。そして自分は出て行った。

翳をすかすように近附くと、父は眼を開いていた。焦点が何処に結ばれていたのかは判らない。並外れて髯《ひげ》が濃いのを、癇性の父は、常に日に二度ずつ剃っていたが、この時も剃り痕は暗い中でも鮮かに青かった。母がした事であろう。

「今、注射をしたところなの。御気分はいいのよ」

母が言った。母の瞼は泣いた後のように重く、顔全体にも浮腫《むくみ》があって、疲れは露わであった。母の言おうとしたのは、父と話をしたらという事かも知れなかったが、私には話す何事もなかった。私は唯、まじまじと父を見た。肌の蒼黝《あおぐろ》いのは、光の乏しいせいであったかどうか判らない。

「今まで向うの部屋にいたのか」

それは水の底から湧き上って来るような声であった。私は父から視線を外らさなかったが、父の唇の動きを認める事は出来なかった。響きに気押されて母を窺うと、矢張り父を見ていた。その眼もまた虚ろと思われた。

「遅いのに、いけないいな。もうお寝み」

かつて私は、何度も父にこう言われた覚えがある。それにしても、今の場合それに何と答えたらいいか。だが、父は直ぐにまた別の事を言った。

「この部屋は暗いね。今夢を見ていたんだよ。気持の悪い程真黒な馬に乗って走っているんだ。初めは何処か判らない道だったけど、何時の間にか、正法院の池になってね、水の上を馬が行くんだよ。真黒な、恐しく肥った馬がね」

正法院の池というのは、私の家から電車で一駅行った所にあった。半ば以上を葦に覆われた、遊ぶ設備もない荒れた池である。父は好んで其処へ散歩に行き、時には私もついて行った。駅の方から緩い坂を降りて行くと、十分程で水面が重い緑色の池が見え、対岸には附近の人たちが〝四条さんのお邸〟と呼ぶ宏大な邸があった。その邸の庭で何時も犬が頻りに吠えた。父が馬で行った時、犬は吠えたろうか。

「馬に乗ったのなど、昔、学生の頃の事さ。どうしてそんな事が夢に出て来るんだろうかね。訝しいね」

確かに私に向って話しながら、それは私に問い掛けている眼色ではなかった。暫く父は黙った。そして奇妙に長く感じられたその間、私は父から顔を背け得なかったのを記憶する。

「あ、寒いな」

また父が言った。

「お前、そんなに腕を出していて寒くないか」

私は激しく首を振って寒くないと呟いた。それが果して言葉となって父の耳に達したかどうか定かでないが、そう言わせたのは、私の、父への愛であったかも知れなかった。

「寒いのはいけない。戦争の始った頃、寒かったな」

変らず抑揚のない声で父が言った。母が僅かに身じろぎしたのが気配で判った。

「普請をすると人は死ぬものだそうだ。昔、年寄からそんな話を聞いた覚えがある。そう言えば、お祖父さんが死んだのも、田舎の家を建て替えてから間もなかったな。お父さんだって、新しい書斎、寝るために建てたようになってしまったな。でも、あの部屋は暖い。そうだろう。

誰が使ってもいいさ」

病む人の頭の裡で、連想がどう流れて行ったものか、連想を産む働きが残されていたか、私は知らない。唯私は、戦争の始った寒い日、普請場で激しく咳《しわぶ》いた父を鮮かに思い起し、寒いという父の中にあったのも、その時の自らの姿であったに違いないと考えた。しかし、それは私が思い出したくはない事であった。父と私とを取巻く空気は異様に濃くなって、私は息苦しかった。

「いいんだよ。お寝み」

父は繰返した。この時、確かに薄く笑ったと思えたが、その後、私はあれは私の見違いであったろうと思っている。そう言って、自分も眠りに落ちたのか、眼が閉じられた。

母は泣いていた。父の眼から解放されて体を動かした時、私は初めてそれに気附いた。顔を高く挙げ、眼を一杯に見開いて凝と父を見つつ、涙はその鼻梁の傍を伝った。動かされて、私は何か言おうとしたが、母は手で制し、寝台に近寄って父の額を拭った。寒いと言った父の額は、微かに汗ばんでいたのである。私は母の手許を瞶めた。眠りを醒すのを惧れるように、動作は緩やかに、しかし念入りに行われた。見ながら私は不意に、この母がどのようにして父を看取り、父がまたどうして自らを委ねていたかについて、何一つ知らぬのに思い当った。父が牀について半年余、共に煩いの多い日々を双親《ふたおや》がどう過して来たか、それは親たちだけの世界であった。私も父を思いはしたが、矢張り十四歳という年齢は一度そこから離れれば、他に為す事、思う事は多く、謂わば親たちの世界の外縁をめぐって、偶《たま》にそれに接触することを続けて来たのだとも言えたであろう。短い内にそれを充分意識し得たわけではないが、父の額から頬、更に胸許の辺りへと僅かに撓《しな》いつつ伸びて行った母の指の形は、そういう事を含めて、今私の裡に遺っている。

医師が来た。彼は何も言わず夏掛けの下に隠れている父の腕を探って脈を取った。その時、父が、薄く、疲れた眼を開けたが、医師はそれを無視した。

「落着いていらっしゃいますね」

「はい」

そう答えた母の声が、何故か幼い子の語調のように私には聞えた。脈を離すと、医師には何もする事がないらしかった。

「御病人、何時も身綺麗にして居られますね」

と意味のない事を彼は言った。

「ええ、一日おきに顔を当らないと気分が悪いと申しますので。でも、私がやってあげている間は大儀そうですのよ」

「それはもう、疲れて居られますから」

互いに言いたい事を避けているのが判然とした会話であった。医師もそれを意識したか、

「何かありましたら、お呼び下さい。ずっと寝ないで居ります」

そう言い遺すと足早に出て行った。彼が来る時は気附かなかった靴音が廊下に響いて去り、やがて消えた。父はまた眼を閉じ、表情のない顔を薄暗い中に曝していた。

それから私は、附添部屋で眠ったのであったと思う。母が薦めたのか、耐えられぬ睡気に襲われたのか憶えていないが、兎に角私は眠ったようであった。

再び眼醒めると夜は明けていた。誰かの手で毛布が掛けられてあったが、明け方気温は下って肌寒さをさえ感じた。六時であった。身を起すと病室には大勢の人がいて、皆此方へ背を向け、寝台を囲んでいた。その内、振り向いたのは伯母である。

「寝ていてもいいのよ」

語調は優しかった。私はいたわられていたのであろう。しかし私は起きた。そして電燈が点された儘になっていたのを消し、何気なく窓外に目を投げた。陽は昇り、中庭の芭蕉が鮮明に芝に影を描いて、向い側の病棟は何れもまだ醒めていないらしく見えた。

父の口許には酸素吸入器が延び、その下で父は露わに息をして、人々の視線も其処に集っていた。寝台を隔てて私の向う側にいた桧田氏が何か手を振って合図をしたが、私は意味を解し兼ねた。桧田氏も敢てそれ以上何もせず、また父を窺った。後で聞いたところでは、これより

先、夜の明ける前、父は、「桧田、後を頼むよ」と言ったそうである。伯母は背後から私の肩を生温い手で抱き、耳許で囁いた。

「お父さまをよく見ていてお上げなさいね」

見まいとしても見ないわけには行かなかったであろう。だが、それは無慚なものであった。私は今でも、父は夜死ねばよかったのだと思う事がある。夜死んだならば、あの電燈を覆った黒幕が、また死をも柔かく覆ったのにと考える。直接に光こそ当らなかったが、朝の明るさは容赦なく父の上に落ちて、毛孔の一つ一つまで浮き出させた。長く病んで、肉が落ち、頬骨は内側から突上げるように高いのは、前から眼に慣れていたが、それを包む肌の色は使い古した紙のように黄色く濁って、私はかつてそうした肌を見た事がなかった。暗いうち、青く爽かに映った剃痕も、古い紙の上を蝕《むしば》んだ汚斑《しみ》でしかなかった。唇は全く水気を失って白くささくれ立ち、半ば開いた口腔は暗かった。右の顳顬の辺りに小さく黒ずんで窪んだ点があった。これは私の知らぬ古い傷痕が、身体の衰えによって露わに浮き出して来たのかも知れなかった。若し、この時、僅かでも表情が動いたならば、私はそれによって救われる事も出来たであろう。しかし、父自身よりも、表情は先に死んでいたのである。

父の顔について、必ず思い出される情景を私は持っている。父と共に正法院の池へ散歩に行った帰途、気まぐれからそれまで通った事のない道を廻ると、農家の庭に見事に水仙が咲いていた。水仙の花の黄が盛りであった事から、季節が春の極く浅い頃であり、父も私も揃いの襟巻をしていたのが自然に思い出される。

「あの花を頒けてもらって、庭に植えないか」

父はそう言うなり既に農家の庭に歩み入っていた。声に応じて媼《おうな》が出て鍬を取り、水仙の一群を掘り起して、土の附いた根を剥き出しのまま父に渡そうとした。

「いやあ、少し遠くから来たものだから。簡単でいい、新聞紙にでもくるんで呉れませんか」

媼は「家では新聞を取っていないものだから」と言いつつ奥へ入り、それでも有合せの紙で根の土をくるんで寄越した。父はなにがしかの金を手渡し、私は花を抱き、根の土の重さ、冷たさを快く感じた。帰ると、私が鍬を振って庭の一隅にそれを植えた。日が暮れかけ、暗くなり始めた庭に花の黄だけが明るく、父はその傍に踞んで、視線を凝らしてその花を瞶めた。花の明るさが父の顔にも映えるようで、鼻梁の高い横顔を白じらとみせた。何によらず、父は長く見続けるのが好きなようであった。不意に表情が綻び、私の方を振返って言った。

「これでいいね。さあ、家に入ろう」

死んで行こうとする父の病室にも、青磁の壷に花はあった。しかし、それは私の馴染まぬ青い花である。

「唇があんなに乾いちゃってる」

耐えかねて私は呟いた。肩を抱いていた伯母は耳ざとくそれを聞きつけた。

「そうね。いけないわね」

伯母は言うと跫音を殺して出て行ったが、やがて、水と、先に脱脂綿を巻いた箸を持って戻って来た。

「さあ、これで口を湿してあげなさい」

私は戸惑いつつそれを受取った。父に最も近い場所にいた医師が気附いて身を避け、私を促した。水は綿を脹らませ、なお余って滴をしたたらせた。私は慌ててそれを父の唇に当てがった。ささくれた唇は水を吸い、仮令僅かでも潤いをみせるかと私は期待したが、硬化しきった皮膚は水を受附けず、弾いて頰と顎へ流れさせた。それでも父は身じろぎもしなかった。私は殆ど茫然とその醜い水の痕を眺め、再び同じ事を試みるのを止めた。私の行為は父に通ぜず、垂死の人から全く拒否されていると感じた。父の傍から身を引き際に医師と眼が合い、彼は無意味に頷いた。其処に傷ましそうな表情が動いたのを、私は見逃さなかった。

誰もが黙っていて、時が過ぎた。陽は昇り切って、病室の窓の一劃にも、ひかれた紗幕を通してきつい光が差込んで来た。それとともに暑さが増した。母は夜の時と同じく、父の顎を機械的な動作で拭い、自らも手の甲の汗を抑えた。

「暑いな。暑くなって来たな」

桧田氏が言ったが、常ならば座を引立たせるその太い声も、その時は唯虚ろに響いた。思い出したように隅の二、三人が、首筋の辺りに手をやったばかりである。中庭で話す声がした。ふと惹かれてその方を見ると、患者らしい女の二人連れが、伸びやかに歩いていた。浴衣の赤い模様が紗幕を透してさえ際立って見え、私はあの人たちの病室の入口には、軽症の白札が掛けられているに違いないと思った。話声が冴えて聞えたのは、恐らく朝のせいであろう。

看護婦が入って来て、

「お電話で御座います。お部屋にいらっしゃる方、誰方でも出て欲しいと言って居られます」

と告げた。母が動こうとするのへ桧田氏が、

「私が出ましょう」

と声をかけて出て行った。座がややざわめいた。その機会に私も伯母の手をすり抜けて室外へ出た。陽の暑さと、集った人たちの肌の熱さで、私は疲れていたのである。誰も咎めはしなかった。或いは誰もが疲れ果てて、他の者への関心を失っていたのかも知れなかった。

桧田氏は病棟受附で電話を受けていた。

「そうなんだ。俺はずっと詰め切りだよ。細君は疲れてるから、一人くらい附いていなくちゃいかんだろう。うん、そうだな。来た方がいいだろうな。今直ぐ来ても間に合うか合わないかという感じだから。意識はない。詳しい事はよく判らんがね」

更に二言三言があって電話は切れた。受話器を掛けて初めて桧田氏は私がいるのに気がついた。「やあ」と彼は言った。「今の、柏木君だよ」それは私の知らない名であった。

「皆忙しいからね。お父さん、危篤だとは知っていても、なかなか来られないんだよ」

この時の桧田氏の挙止には、何か特殊な弾みが現れていたと思う。そして、桧田氏が話していた電話の向うには、私たちとは全く関係のない、謂わば日常の世界が、日常の動きを止めてはいないようであった。見舞の人たちは、その世界に変りなく住んで、父のためには取るに足らぬ時間を割くのであることを、私は改めて知った。しかし、その時の私はそれについて、何等かの感想を持ったわけではない。物を考えるには、私の心は余りに萎え過ぎていた。

「さ、行こう。部屋にいなくてはいけないよ」

桧田氏は私の気持を無視して、私の背を押すように歩き始めた。瞬間私はそれをうとましく感じたが、黙って為す儘にさせた。

病室の中は何事も変ろう筈がない。私も桧田氏も共に元いた場所に立ち帰った。伯母がまた肩に手をかけようとしたが、私は半ば無意識にそれを振り払った。誰かが煙草を口に銜《くわ》え、火をつけようとして思い直し、廊下へ出て行った。思い出せば父も煙草が好きであった。駅で電車が来るまで煙草を喫い、車の戸口にこすりつけて火を消していたのを憶えている。

また看護婦が何かを告げに入って来ないかと私は期待したが、それは無駄であった。誰も来ず、何も動かなかった。この種類の暑さを私は前に経験した事があった。学校の軍事教練の時である。どういう行きがかりからであったのか、私たちは上半身裸にして整列させられ、その前で配属将校は長い訓示をした。私たちは南面して並び、前列にいた私には、胸の正面から陽が当った。夏の光は肌を透して内臓にまで喰い入るようで、漸く訓示が終った時、私は殆ど冷たい汗を全身にかき、昏倒しそうになっていた。病室では光こそ受けなかったが、代りに類のない濃密な空気があった。

だから、母が扇を焦立《いらだ》たしく振った時、私は救われたようにさえ思った。母は、迷い込んで来て父にまつわりそうになった蠅を追ったのだが、何であれ、動きがひたすらに好もしかったのである。私は蠅の行方を辿った。扇にあおられて蠅はゆるく飛立ち、寝台の裾の方に止った。暫くその儘いてまた飛び、少し離れた所に止った。何度かそういう事を繰返した。二度、三度と私は指折り数えた。そして五度まで数えた時、掌は水に浸けたように汗に濡れた。

これ等は総て略一時間半の間の事であった。この間、居合せた人々の誰もが冀《こいねが》うように死が来るのを待っていたであろう。それが遂に来た時、自らがどう振舞えばよいかを考えてさえいたであろう。しかし、そう推測するようになったのは、後年、父の死が思い出の中に繰込まれてからであって、その当座私の頭は他と関連を保って動く事を全く罷《や》めていた。部屋に詰めて、私と同じく父を見ている人々は無論のこと、その中央にあって動かない父の姿すら、次第に私の意識から去って行った。そして後には、唯自分が立っているのだという感覚しか残らなかった。周囲が白くなって、その何もない所に私だけがいた。終始私の背後から去らなかった伯母は、通夜の席で「あの時は何度連れ出して休ませてあげようと思ったか知れなかったわ」と言った。

「あ」

息を引くように声を発したのが、誰であったか判らない。しかしその声に含まれた張ったものが私を醒めさせた。父が眼を開いていた。尋常な眼ではない。濁ったかと見える白眼の部分が多くて、瞳は一方に片寄り、これも澄んではいなかった。死に覆われた表情の中で、唯一つ動いている眼さえもが、また死んでいたのである。それでも瞳は緩やかに中央から右へ流れるように動き、それから左端へと動いて止った。父は自らを取巻く人の影を見たであろうか。凍えて死ぬ時、幻視をみると私は聞いた事があるが、父の眼は実体のない何事かを映していたろうか。母が医師を見て何か言いたげにした。医師はそれに取合わず、聴診器を取出して父の胸許に当てた。その時、瞼は既に閉じられていた。暫く聴診を続けた後、医師は傍の看護婦に手真似で何か指示した。慣れ切った手附きで注射器が整えられた。

薄い夏の蒲団が斜めにめくられ、看護婦は父の手を曳き出した。私もかつてその腕に抱かれた事があった。普段は何も意識はしなかったが、私は矢張り多くいたわられて育って来た子供であったかも知れない。だが、最後の日注射を搏《う》つために曝された腕は、蒼黒く痩せて、極く僅かの重量にも耐えられそうになかった。汗を吹き出している私の腕と較べて、それは芯から冷えて固まっているようでもあり、乾き果てて萎えているようでもあった。何時のものか、肩に近く貼られた絆創膏が小さく際立って白かった。注射は瞬時に終ったが、医師は腕を支えたまま、母を顧みた。母は動かされて其処に近寄り、父の腕を掌で包むようにした。自然、脈をみる形になったのは、母が常にそうし馴れていたせいであったろうか。

萎えた腕にもまだ感じる力があったのか、父は再び薄く眼を開いた。しかし今度は瞳は動きはしなかった。何物も映っているとは思われない、焦点の定らぬ眼を父はかなり長い事開けていて、それがまた閉じられる時は消えるようであった。ふと起された水の襞《ひだ》が静かに岸に行着いて消えるようであった。

新しい客が入って来た。肩越しに見ると、父の友人らしい年頃の背の低い人が、頻りに汗を拭っていた。先刻電話を掛けて来た人かどうかは判らない。

「そうですか。それでは、間に合って」

其処まで言って、急に声が低められた。しかし、誰もその方に注意を向けなかった。やがてその人は、周りの人をかき分けて、寝台を覗き込んだ。

「ああ、静かだな。眠っているんだな」

と彼は言った。

「そうなんだ。今日、明け方からそうなんだよ」

と桧田氏が答えた。この遣取りは、死にそぐわない茶飯《さはん》の会話のように響いた。新しい客はそれ以上何も言わず、壁際に退いて、病室にはまた前と同じ空気が戻って来た。

父の頭が、心持ちかしぐように動いたのはこの時である。医師は極めて敏捷に母の掌から父の腕を奪って脈を取った。そしてその儘の姿勢で暫く動かなかった。鬢《びん》の辺りに白髪の目立つ医師の額に汗が光るのを私は見た。誰もが動かなかった。蠅も飛ばなかった。

「お歿《なくな》りになりました」

医師はそう言うと、父の手を夏蒲団の中に納め、枕許の時計を見た。

「恰度、八時ですね」

暑さの中に人々が瞬時ざわめき、そうして直ぐに鎮まった。

僅かの後、病室には母と私との二人だけになった。父が死ぬのを見届けると、人々は何か口籠るようにして言いつつ、表へ退いて行った。後に、彼等の肌の熱気だけが残っていた。前夜、起されて呼ばれた時と同じく、私には何もする事はなく、為し得るのは、ただ母を見る事であった。

母は寝台の頭の方に廻り、柵越しに父の頭を抱いた。

「貴方も、随分長い事苦しんで」

言葉には、死んだ父に向うよりも、自らの胸に語る響きがあった。それと共に涙が父の顔に落ち、父の頰を伝って枕に吸われた。その時、母の手が父をどう動かしたか、父の口から長い息が洩れた。私は愕き、父が甦ったのかと疑ったが、そうではなかった。矢張り父は死んでいた。後に知った所によると、胸腔に溜っていた空気が、吐き出されたものであったという。

しかし、この時の私が何を感じていたかは定かでない。死は悲しみだと私も漠然と思ってい、母の裡には確かにそれがあるらしかったが、私に悲しみが動いた記憶はない。そうかと言って、初めて立会った肉親の死という事実に圧されて、茫としていたわけでもないようである。それは、その時の仔細を確実に私が憶えている事によっても証されていよう。私は平静であったと言ってもいいかも知れない。唯、その謂わば感覚の表面を覆った平静の内側に、何等かの感情をやがて導き出すに違いない新しい経験が流れ込んでいるのに、全く気が附いてはいなかっただけの事であろう。また若し、母が此処で私に向って何事か呼掛けたなら、母の持つ悲しみと私の気持とが仮令幾らかでも結び合って、私にも悲しみを産んだかも知れない。だが、涙を強く押し拭った母は、全く関りのない事を言った。

「其方《そっち》の部屋にお菓子があるわ。それ、お上りなさい」

戦争によって甘い物が不自由になり始めていた時代であった。甘好きの父のため、母は手を尽して甘味を集め、父が殆ど食欲を失ってからも、それは変らず用意されていたものであったらしい。塗物の菓子器を開くと、水羊羹《みずようかん》の幾切れかがあった。口に含むと淡い甘味が拡がり、私は他愛なく喜んだが、この時何故母がこのような事を言ったか、私は未だに察し得ていない。

「よろしゅう御座いますか」

声がして入口に看護婦が立っていた。湯灌《ゆかん》の用意が整えられたのである。

病院で行われる総てが終って、遺体が屍室に一時移された時、母は疲れた声で言った。

「一足先に帰っていて頂戴。家は忙しいわ。貴方に出来る事、手伝うのよ」

私は、母はどうするのかと聞いた。

「まだする事があるの。それを済ませてお父さまと一緒に帰ります」

きつくこれだけ言って私を見据えた。煩わし気な表情が露わに浮んでいた。

「それに少し休みたいの。先に帰っていて頂戴」

言われる儘に私は、既に二時近く、翳りのない陽に舗装もぬかるむような道を歩いて帰って来た。帰り着いてみると家中には、かつて私の知らぬ空気があった。もともと私の家は、父が、書斎にこもりきりで、たまさかの訪客から、何時も無人のようだと言われた家である。それが、その日は沸き、揺れていた。

「あら、帰って来たのね。疲れたでしょう」

そう言って迎えたのは、最も年若い叔母である。襷《たすき》をかけて、表情には微かに笑いがあった。この人ばかりでなく、勝手元から聞えて来る声も高く、通夜から葬儀へかけての準備の為にか出入りしている見知らぬ男たちが呼び交す声もまた高く、それらの総てに笑いが含まれているかと思われた。しかし、私が其処から感じたのは不快ではない。寧ろ、明け方から朝まで、父が死んで行こうとする間の強いられた沈黙の反動として、一種解き放たれた感じがあった。尠くとも其処には取繕わぬ感情の行き交いがあったからである。忙し気に立働いている人たちにとって、父の死は既に過去の一つの事実に過ぎなくなっていたであろう。そして私は、そういう空気に容易に入って行けるように思われた。

そうした中で、離れの父の書斎には、早くも祭壇が組立てられ、それと襖を隔てた六畳には、桧田氏をはじめ父の友人らしい数人が集って、弔辞を書いていた。

「謹ミテ志半バニシテ逝ケル霊ニ捧グ」

卓の上に拡げられた奉書の上にそう読めたが、私は簡単な挨拶だけして其処を引揚げて来た。私はやや、この人たちに飽いていたのである。

母屋へ戻ると、私は若い叔母から用を頼まれた。勝手元で料理に使うものが足りなくなったから買い足して来て欲しいというのである。

「生憎と、女の人、皆手一杯なのよ」

叔母の翳りのない声が私を日常生活に引戻し、私は引受けた。既に四時過ぎである。道に出ると影が長く曳いた。

家の前の小路を出外れて大通りにかかった時、私は向うから、黒い人力車の二台前後して連って来るのを見た。門の所に立って、家に向って来る俥《くるま》、家から去って行く俥を見るのは、屢々あった事である。そうした時、車夫は常に走り、俥は時に弾むようにして往き来したものである。しかしこの時、車夫は歩いていい、俥は矢張り西陽に長く影を曳いて、殆ど物憂いかのような足取りでやって来た。暑い盛りゆえ、幌の周囲は囲われていなかったにも拘らず、俥は酷く黒ぐろと見え、そして先に立つ俥の座席にあるのは、人ではないらしかった。その物は薄水色の大きな風呂敷で包まれ、極く近くまで来ると、その風呂敷には家紋の吾亦紅《われもこう》が白く染め抜かれているのが判った。そしてその時私は初めてそれが病院から運ばれて来た父の棺であることを諒解した。私は駆け寄ったが、棺を曳く車夫は、眼もくれず同じ歩みを続けて、私の傍を通り過ぎた。二台目の俥には無論母がいた。母は黒ずんだ和服の襟許をきつくかき合せるように着て、座席に正確に坐って瞬きせずに正面を見ていた。私はそういう母を見上げ、俥の横について小走りに走りつつ母を呼んだ。母は私にちらと視線を投げたが、その表情に何の動きもなく、直ぐ正面を向く姿勢に戻って、何も言わなかった。再び私は呼ぼうとして母を見たが、母の変らぬのを知って気を遣しつつ諦めた。母の横顔に、私のなまなかな感情など、一切受附けぬ強さが見て取れたからである。私は黙って、意志のないように俥の後に従った。頼まれた用事は夙《と》く念頭から去っていた。俥が小路へと折れ、砂礫に車輪がきしむ音を私はいたく聞いた。

家までは幾許《いくばく》の距離もない。門前で梶棒を降した車夫は、内へ向って、

「お帰りです。お帰りになりました」

と二度続けて呼んだ。母は降り立った。かなり荒く裾を捌《さば》いて、棺へ近寄り、

「離れの方へ運んで下さい」

と固い声で命じると、自らは先に立って、離れへ上って行った。車夫の声で迎えに出て来た人たちも、この母の気配に呑まれて、殆ど茫然と見送った。私も総てに見放された気持で所在なく立って、風呂敷が剝がれ、むき出しにされた白木の棺が運ばれようとするのを見ていた。

「あら、一緒に帰って来ちゃったのね」

そう声をかけたのは買物を頼んだ叔母であった。しかし、用の足りぬのを叱る風はなく、ただ、

「そう、仕方がないわね」

と呟いた。いたわられたものを私は感じたが、それでも、今一度門を出て行く気にはなれなかった。

棺は、取敢えず祭壇の前に置かれた。偶然か、それは父が長く寝たために腐り、後に替えられて一枚だけ青く見える畳の上であった。母は棺の傍に坐って、その角の辺りを頻りに撫でた。誰かが、魔除けにと言って抜き身の刀を棺の上に載せた。それは父が前に樺太へ旅行した折に購《もと》めて来た土民の蛮刀であった。幅広の刃は、西陽が浅く斜めによぎっている中で冴えた。

通夜の夜半から雨が落ち始めた。そして、葬儀の日は雨であった。

「二時ごろ、ぽつぽつ音がしていたな。明け方近くに酷くなって来たんだ」

夜通し起きて香を炷《た》いたという父の弟子筋の若い人が言った。

葬儀の記憶は、異様に鮮明である。しかし、それは反面、思い出しても、何の感情の動きも伴わぬ鮮明さである。極く内輪に済ませたいという母の意向と聞いたが、それでもかなりの数の喪服を着た人々が、天候の悪さを口にしつつ出入りして、其処には矢張り、人が集るところから生じる一種の活気めいたものもあり、読経の声とないまぜられて、家中に満ちた。私は唯、祭を見ていたのに過ぎなかったかも知れない。

会葬の人たちは、離れの玄関から入り、書斎の祭壇に焼香して庭へ抜けた。告別の時は入った。と同じ口から出てはいけないものと私は知らされたが、学校を代表して来た私の同級生は、そうした事を知らぬ気に、香を投じると引返して出て行った。私は母と並んで祭壇の傍に立ち、庭の木が濡れて光るのを見、父が愛していた油絵の額に白い紙が下っているのを見た。絵の類は取り去る筈のものを、故人が好んだものだからといって、こうした形で遺されていたのである。それは海の絵であった。海には島の影一つなく、境を接する空は、嵐の来る前のように暗かった。この絵を、父は例の瞳を凝《こら》すような視線で見たのかと私は考えた。

告別が終り、焼場へ行く時、私は霊柩車に棺と共に乗った。狭苦しいその中は、空気が蒸れて汗を吹くほどに暑かった。一緒に乗った若い叔母は、其処で香を炷いた。洋風の香水の練り合された特殊な香である。

「暑苦しいかしら。でも、こうするものだそうよ」

叔母は笑い、私にはこの人の常に変らぬ挙止が快かった。

焼場で時を待つ内に雨は熄《や》み、見上げると曇った空に、黒い雲の動きが早かった。風が出て気温は下っていた。

やがて焼き上って来た骨には、まだ冷めぬ火照《ほて》りがあった。私たちは、木の箸、竹の箸を使って、こもごもそれを白い陶器の骨壺に移した。母が邪慳《じゃけん》な程手早く骨を拾っていたのを私は忘れない。骨は音を立てた。

葬儀を了えて二日後、私は死んだ父の書斎に呼ばれた。その日も雨が降っていた。書斎には、父方の祖父の妹、つまり私には従祖母に当る人が、母と向き合って坐っていた。若い頃は中剃《なかぞり》をしたという豊かな髪を高く結い上げ、何事も説くように物を言うこの人は、父の病が募って以来、ずっと家にいて母の頼りになっていたようであった。

「随分長いこと、貴方の所のお留守居役を勤めたけれど、もうこれで私はお役御免だ」

と従祖母は、愛用の小さな玉露の茶碗で茶を口に含みながら言った。

「また来るということが無いじゃないが、一応のお別れだ。それで貴方に言っておきたい事があってね」

眼許には微かな笑いがあった。

「私は今までに若い頃から不幸になった人間を大勢知っている。其処へ今度は貴方もその一人になったわけだ。母さんのいる前で言うのは何だが、そういうものだよ。自分でそうとは感じなくとも、世間はそういう眼で見たがるものさ。でも貴方は、それに反撥して強く生きような んて思わないで欲しい。よく不幸にめげずに強く生きた人間が称揚されるけど、私に言わせれば、あんなつまらない事はない。強く生きた人間はね、謂わば肩肘張って生きた人間はね、皆若い人の持っている一番いい柔かさを擦り切らせてしまうものなんだ。そう言ったって、それより他生きて行けない人は仕様がない。だが、貴方の場合は母さんもいることだ、今までと何の変りもないものとお思い。それが貴方に一番倖せなんだし、また母さんへの孝行というものだよ」

それだけ言うと従祖母は、俄かに身支度を整えて帰って行った。傘をさして行く高下駄の音が敷石に高く鳴った。その姿を見、跫音を聞きながら、私は初めて淋しいと思った。従祖母の言葉が全くは理解出来ないながら、気持に重く澱《よど》んでいた。そして、葬儀の翌日、それまで多くいた人たちが、前後して水の退くように去って行ったのを思い出した。人の寄る賑やかさと、その後に来る別れとに、私は馴れていなかったのである。別れしなに伯母は、

「学校へ行けばお友達もあるし、淋しくないことね」

と言った。また若い叔母は、

「遊びにいらっしゃいな。家は大人二人だけだから、遊びに来て呉れれば恰度いいわ。あたし、遊んであげるわ」

と笑った。そして共に足早に帰って行った。そうした事の後、独り茶の間に坐っていた従祖母が大きく重く見えたものだが、その人も去ったとなれば、家には母と私だけが遺され、総ての事は終ったようであった。

翌日は晴れた。しかし、朝、雨戸を払って見る庭の芝はまだ濡れていて、何気なくそれを見

るうち、ふと肩の辺りに肌寒さを感じた。秋が来ていたのかも知れなかった。

遅い朝食の後、母は、庭の片隅の紅葉の枝の伸びている下に籐椅子を持出してそれに腰掛け、白い和服の足を組んだ。かつてないその動作を私は縁側から見ていた。母は暫く眼を瞑っていたが、やがて、手を挙げて普段は高く捲き上げている髪を解いた。長い髪は一瞬散るように踊って、肩に流れた。母はそれを後手に束ねて左肩の方へ纏め、指をからませて頻りにしごいた。袖口がまくれて、腕が白かった。かなりの後、母は漸く気附いたように私を見た。

「冷蔵庫の脇の籠に林檎があるわ。あれ、持ってらっしゃいな」

夏にもある青い粒の小さい林檎である。私は白無地の皿に載せてそれを母に運んだ。母は身ぶりで私に傍にいるように言い、手早く皮を剝き、涼し気な音を立てて果肉を割った。私は母の足許の芝に坐りたかったが、濡れているため諦め、籐椅子の肘掛に腰を下した。華奢《きやしや》な椅子は僅かにきしんだ。母は林檎の一片を私に差出し、自分も口に入れた。

「林檎食べるのが習慣になってしまったのよ」

母は心持ち仰向いて私に笑いかけた。其処には父の死から葬儀へかけて見せていた周囲に全く顧慮を与えぬ、作られた固い表情の跡片もなかった。そればかりでなく、父の病む以前にも、母のこうした洗うような笑いを、私は殆ど見る事がなかったと思う。

「お父さまが毎朝林檎をあがったのよ。それにお相伴させられたの。初めは一つあがっていたのが半分になり、終りには、おろして搾ってあげなくてはならなかったけれどね。病院は暑いし、一種特別な臭いがするでしょう。だから決して美味《おい》しいとは言えなかったにしても、それでも、林檎を剝く度に、色々思い出すようになりそうよ」

この時私が、病んでいる父と看取っている母との間にあったものを、正当に理解し得たとは思えない。しかし、何ものか、矢張り私にも流れて来るものがあり、それによって私の気持は和《なご》んでいた。考えて見れば、この時初めて、私は父の死を〝見る〟場所から一足先へ出ていたのである。

「お父さん、旅行へ行きたいと言っていたね」

こう言ったのは、何も、話すべき内容があったからではない。唯、母と何か繫がりを持ちたかったに過ぎない。

「そう、一つだけお気に入りの地図があってね、何度も何度も繰返して見ていた。旅と言えば、そう、貴方は小さかったから憶えていないでしょうね。一度貴方を伯母さんの所へ預けて、お父さまと旅行したことがある。山の中の小さな温泉宿。高い山が両側から迫って朝遅くまで陽が当らない場所だけれども、正面は遠くまで展望が開けて、遠くの明るい平野を見晴らす景色が素晴しかったのを忘れないわ。恰度、五月のお節句の頃で、菖蒲湯《しょうぶゆ》になっていた。あの地方では、菖蒲の葉を細かく刻んでお湯に浮かすのね。お湯から上るとその菖蒲の葉が、幾つも肌

につい て来る。それをお父さまが、一つ一つはがして呉れたものだったわ」

そう言いつつ、母は私の手を軽く握った。庭には既に暑さが罩めて来ていたが、母の指は冷たく、私は母の為す儘にされた。黙ってしまうと午前の庭は静かで、頭上の紅葉の微かなさやぎだけがあった。無意識にそれを聞いていると、母が不意に言った。

「今度、旅行しましょう。一緒に、二人だけで、小さな旅行」

「行こう」

私は素直に答えた。母の裡にこの時あったのは、かつて父とした旅の思い出であったに違いないが、それとはまた別に、私にも、旅の心象が漠然とながら浮んで来た。何気なく私は、母と二人、緑の濃い道を歩いていることを思った。私たちは話さず、道には私たちの跫音以外何も聞えて来るものはないであろう。

時をおいて考えても、私はこの朝の感覚を皮膚に感ずるように鮮明に甦らせる事が出来る。身近には母が居り、その母と二人で何か新しい事が始ろうとしていた。その新しい事が果して何であるかは、まだ私の考慮の外にあったが、私は単にそれがそれから始るという事だけで、それに期待していた。期待の感情は倖せに似て、その瞬間、私は過去を、父の死という最も近い過去すら忘れ果てていたと思う。過ぎた事が自分に遺すものについて気附き、やがて来る事について考えるようになるまで、私はまだ幾許かの時間を必要としたのである。

こうして、私の一つの体験が終った。学校では秋の課業が進んでいる筈であった。母の指を掌に感じつつ、私は明日から学校へ出ようと思った。

霧の湧く谷

古い墓は、やや斜めから夏の午後の陽を受けて、粗い石の肌が黒かった。約一坪の土地に高さ二尺余りの石室《いしむろ》を築き、その上に横に細長い石を三段に積んで銘を刻んだのは、東北の此の地方に特有の墓のかたちである。朝、妻はその墓を洗い、地面から這い登って石に貼り附いている銭苔《ぜにごけ》をそぎ落した。だがそれでも、長く手入れを怠っていた墓の荒れた気色は拭われはしなかった。

私たちがこの郷里の町へ来たのは、死んだ伯父の納骨のためである。郷里と言っても、その距《へだた》りは大きく、普段は文通も交さぬ二、三の親戚と、そして墓だけが私をこの町に繋いでいるに過ぎない。伯父も都会で死に、その骨を持って私が妻とともに東北へ来たのは、生前の伯父にまだしも近しかったのと、勤務先の休暇が偶然に取れたからであった。

「大層苦しんだ挙句、歿ったそうだな。貴方の一家は皆早死で、この人だけが人並みに生きたわけだが、それでも、倖せとは言えなかった、なあ」

住職は伯父の骨壺を祭壇に置き、私を顧みて言った。私の父も、母も、父の弟の叔父も、四十代で死に、伯父だけが還暦を僅かに越すまで生きた。しかし、生きた事が決して倖せでなかったのは私も知っている。終戦の年に伯母が死んで、それ以後を唯一人で過した伯父の晩年を、私はさまざまに記憶に留めている。だが、私は住職にはそれを言わず、黙って、骨壺の傍に活けられた貧しい花を見ている。

町には、花を売る店がなかった。宿で、在郷の農家に花を栽培している所があると聞かされ、妻は出掛けて行ったが、一時間余り経って汗に濡れただけで戻って来た。農家にも、夏の盛りに咲く花はないそうであった。

「仕方がないわ。代りに、何か緑のものでも探して飾りましょう」

そう言いつつ、妻は日傘をかざして表へ出た。木箱に納めた骨壺は私が持った。冬には雪に埋まる深い軒を連ねた町を貫く道は、土に砂を交えて白く、陽のきつい照り返しがあり、埃《ほこり》は裾許《すそもと》を汚した。寺は、町が西の外れで山に行き当ろうとする手前を北へ折れた所にある。その角を曲ろうとして、私はふと、人のいない雑貨屋の店先に、小さな花の束が三束、桶の水に浸されて置かれているのに眼を留めた。近寄って見ると、菊に似た赤い小さな花であった。私は直ぐに声をかけて、その花を購《か》った。店の女は無造作に新聞紙にくるんで寄越し、藁《わら》で束ねた根元の辺りから水が滴った。妻はそれを受取り、花弁に触れてみて言った。

「貧弱な花ね。でも、赤いのは彩りになっていいわ」

しかし長く水に漬いて腐りかけた葉を除いて活けてみると、乏しい赤は祭壇に置かれた他の物の間に沈んで、彩りさえも際立たなかった。

納骨の知らせを聞いて来たのは、僅かに五人であった。私は一人々々に挨拶し、礼を述べたが、そのうちの誰の顔にも覚えはなかった。かつて伯父も、彼等とは全く無音《ぶいん》に過したのであろう。やがて読経が始った時、私と隣合せに坐った老人が、頻りに数珠《じゅず》を揉み、絶えず何か口ずさみ続けたのを、私は奇異なものに聞いた。そしてその間私の眼は、本堂を取巻く木の茂みを通して差し入って来る陽の落ちる辺りに遊んでいた。

読経は短い時間で終り、焼香を済ませ、私たちは墓地に出た。墓の群がる間の道も乾いて白かった。住職は墓の傍に踞み、石室の脇腹に嵌め込みになっている蓋を開こうとした。私も手を藉《か》して、重い蓋は外れた。薄暗い内部は、雨の時に流れ込んだらしい水がかなりの深さに漲《みなぎ》って、外からの光が漸く届く所に骨壺が一つ見えた。誰の骨を葬ったものか判らない。私は黙って妻の手から新しい伯父の壺を受取り、室の中へ入れた。溜っている水は生温く、手を離すと壺は瞬間水に浮くような感覚でゆらいだが、直ぐに静かに納まった。住職は再び石の蓋を閉じた。閉じる時、鈍い音がした。

それから香が炷《た》かれ、私と妻は代る代る柄杓《ひしゃく》をとって墓に水をかけた。かけても水は石に吸

われるように直ぐに乾いた。妻はその墓の余りに色のないのを気にして、

「少しでもお花があったらいいのに」

と呟いたが、仮令花を手向けたにしても、陽に灼かれて忽ちに萎《しお》れたに違いない。納骨を終えて庫裡《くり》への戻り際、住職は私に言った。

「貴方のお父さんの葬いも夏でしたな。でも、あの時は雨が降っていた」

父の死んだのは、戦争の終りに近い頃である。その頃私は幼く、そう言われれば、同じ墓地で雨を含んだ黒い雲の動きを見たようにも思うが、それが或いは、他の日に見た雲の影であるか、明らかではなかった。

庫裡で、私は集った人たちに形ばかりの膳を供した。酒もあったが、見知らぬ人たちの間では、話の弾もう筈もなかった。住職に促されて、私は死ぬ前の伯父について簡単に話した。これにもただ頷くだけで、郷里に残る人々が伯父に何の関心も寄せていなかった様子は露わであった。最後に私は、住職に、忌日には必ず供養をしてくれるように頼んだ。

「ええ、お墓のお守りは気を附けて致しますよ」

と住職は答えたが、私はその時、誰も詣る者のない墓に、また銭苔が這うさまを考えた。

寺を出る時には、漸く陽は落ちかけていた。私と妻は、話もなく、まだ火照りの残る道を歩いた。宿が近くなった頃、妻は身を寄せて囁いた。

「こういう事はいやね。一日だけで本当に疲れたわ。休みたいわ」

妻の髪がややほつれて見えた。私も疲れていた。


氷岳《こおりだけ》は、この地方で最も峻嶮《しゅんけん》な山である。岩がちで、極く僅かの緑をしか持たず、山裾は殆ど切り立って見える程の急角度で、谷へ向って雪崩《なだ》れ込んでいる。私たちが、その谷を見降す崖の端に着いた時には、既に暮れかけて、氷岳の頂が薄白い空に影となって見えていた。

「山の麓に雲みたいに白く拡がっているのが見えるでしょう。あれが硫黄の煙です」

運転手が、下りにかかった道を車を徐行させながら言った。その声に、車の窓に頭をもたせかけて眠っていた妻が、眼を細めて、斜め下の谷を見やった。

「静かね。怖いみたいね」

妻はそれだけ言ってまた眼を閉じた。煙は山に近い谷の東の端から次々に湧き、谷全体を薄い靄のように包んでいた。煙の湧く辺りには、硫黄泉もまた噴き上っている筈であった。私たちは、郷里の町の住職に薦められ、休養のために、町から数時間離れたこの谷に来たのである。私たちは、屋根に石を乗せ、羽目に杉皮を打ちつけた湯治客の宿が一軒、蹲るようにしてあるだけであった。

電燈線が引かれず、自家発電に頼っている宿の夜は、黄ばんだ感じに暗かった。二階の部屋に通されると、私は、疲れて直ぐ休みたいと言う妻を無理に誘って、別棟の湯殿へ行った。木張りの床が黒い湯殿は、二つある広い湯槽《ゆぶね》に満ちた白濁した湯の面から、濃い湯気が頻りに昇って、淡い電燈の光を包み、周囲ははっきりとは見えなかった。其処彼処で言い交す声だけが冴えて聞えた。この湯気の濃さは、谷を包む夜気の冷たさによるものであろう。硫黄分の強い湯は、上り際に真水で洗い流さぬと、肌に痛みさえ感じた。

部屋に帰り、軽く食事を済ますと、私たちは直ぐ牀を延べさせた。妻は、それを待ち兼ねるように横になって、蒲団を顔までかけ、私の方に背を向けて言った。

「もう、電気消して頂戴」

部屋は障子一枚を隔てて縁側に面し、縁の戸は開けられたままになっていた。燈を消すと、障子越しにやや青を含んだ闇が浮き上って来た。私も眠ろうと試みたが、その障子の色が何故か気になって眠れなかった。強いて閉じてみる瞼の裏には、しきりに、伯父を葬った墓地の、陽の強い乾いた白い景色が動いた。私は、平静に無難に事を了えたと思っていたが、内心は矢張り亢《たか》ぶっていたのかも知れない。何度もまどろみに落ちようとしては、その度に眼醒め、時には軽い動悸までした。そうしてかなり長い時間が経ったと思うが正確ではない。やがて妻の牀で寝返りを打つ気配がし、

「眠れないわ、疲れてるのに」

と呟くのが聞えた。妻と私と同じような状態にあるらしいのがそれで判った。

「起きてたのか、ずっと」

と私は声を掛けた。

「いやな事ばかり思い浮んじゃって。家と違って此処は何にも音がしないんだもの、静か過ぎるわ。ね、憶えているでしょう、病院へ伯父さまを見舞に行った時のこと。土色になって、腐った木みたいに痩せちゃって。本当は、昨日お墓を開けた時も、何かあの暗い中に、あの時の伯父さまが寝ているような気がしたのよ。怖かった」

私は唯一度、妻を連れて病院に伯父を見舞った事がある。肝臓癌を病んだ伯父が入院し、其処で死んで行ったのは、独り暮しで貧しい伯父のために、親戚が金を出して用意した公立病院の個室であった。完全看護制度のその病院は、身内の者が付添って看病する手間が省けたのである。妻と行った日は、梅雨の半ばで蒸暑かったが、伯父は湿気の多い風を嫌って、窓を閉め切っていた。

「ひどい痛みがね、腹から背中の方へ抜けるように走るんだよ。もういけないな。いや自分で判っている。誰だって、そら、見れば判るさ」

伯父は筋肉の萎えた腕を漸くに動かして、薄い掛蒲団をはいで見せた。着ている浴衣の裾が乱れて、鼠蹊《そけい》部の淋巴腺が瘤《こぶ》のように腫れ上っているのが見えた。その足から、長い患いの間にしみついた異臭が漂うようであった。

「汚いな。病気は汚いものだ」

伯父は笑うようにそう言って、私と妻とを見上げた。妻が笑って応えようとして頬を引きつらせ、急いで顔を背《そむ》けたのを私は見ている。この時の印象は、思い出したくない記憶として妻の裡に澱んでいたのに違いない。

「でも、もうみんな終りさ。君に血の繋ってる人じゃないんだし、すっかり忘れた方がいいよ」

と妻を労わる気で私は言った。暗い中でどういう表情をしていたか判らないが、それなりで妻は黙った。私も再び眠ろうと努めたが、妻もまた伯父を考えているのを知った事が、殊更に私の感情を揺り動かしたようであった。

私が伯父の病臥のさまを見たのは、死病の牀ばかりではない。死の六年程前から、伯父は遠い郊外に農家の一室を借り、印刷所の校正の下請けをして暮していた。しかし、その仕事の収入では伯父独りだけの生計も支えられず、親戚が援助の金を出し合って、毎月伯父に渡していた。そして私が伯父に会うのは、その金を届けに行く時であった。こうして伯父への保護は行き届いているように見えたが、何時か金を持って行くのが役目のようになった私の他、伯父の部屋に客はなかった。誰もが伯父を避けていたのである。

郊外の冬は風が荒く、寒かった。伯父の部屋の縁の硝子戸が、取巻く木もなく直ぐに畑に連る庭からの風を正面に受けて、激しく鳴っていたのを憶えている。伯父は風邪を引いたと言って寝ていた。八畳の部屋に、陶器の手焙《てあぶ》りが一つあるだけであった。

「寒いのに悪かったな。あ、外套はそのまま着ていろよ」

私が差出した包を、伯父はその儘《まま》枕の下に入れた。私は取立てて話す事もなく、左程の事もないらしい伯父の容態を尋ねたりして、所在のない訪問の時間を消した。伯父の部屋は、年取った独身者の住いらしくなく、清潔に取り片附けられていた。建ててから年数を経た家で、壁と柱の間に隙間が出来始めてはいたが、節のない柱には拭き込んだ跡が見られた。寝ている伯父の足許の一画には花茣蓙《ござ》を敷いて机と椅子を置き、その傍には背の低い本棚に僅かの本があった。他には二棹《さお》の箪笥だけで、装飾めいた物は一切なく、黒い砂壁がむきつけに現れていた。

「俺はこれでも、毎朝、掃除は欠かさないんだよ」

と伯父は言った事がある。こうした手まめな潔癖が、戦争の末期に伯母を喪って以来、長い不如意な独り身の生活を破綻なく過させて来たのであろう。伯父は強い人であったのかも知れない。しかし、狭く古びた部屋を朝毎に掃き清め、その事に自ら満足している六十歳に近い人の日常は、極めて静かに見える表面の内側に、何か肌寒いような気配があった。伯父が舐めるように部屋を整える事で、恐らくは絶えず感じていた筈の日々の虚しさに耐えていたのは、ほぼ確実であろう。

「すまないが、湯が沸いたら茶を淹れてくれないか。一人でいると、つい面倒なものだから」

私に気を兼ねつつ伯父は言った。私は漸く滾《たぎ》って来た薬罐《やかん》の湯を、一度茶碗にあけて、さましてから急須に注いだ。そうしたのは、伯父が茶の淹れ方一つにしても、頑なに習い覚えた風を守っているのを知っていたからである。

「すまんな」

伯父は俯伏せになり、肘をついて、熱い茶碗を掌で包んだ。その時、伯父の視線が、枕許の薬瓶や眼鏡などの雑然と置いてある盆の上に落ちた。音を立てて茶を啜り終ると、伯父は其方に手を延ばした。

「どうだ、この人形」

背丈二寸ばかりの、桜皮細工の人形であった。桜皮細工は、郷里の東北の町で造られるものである。木を刻んだ人形の体のあちこちに、薄く剝いだ桜の樹皮を巧みに貼っている。

「随分昔に買ったものなんだ。まだ戦争がひどくなる前だからな。こういう型に嵌らない恰好のは、なかなか無いんだよ」

もんぺを穿いた百姓姿の娘が、手に鋤《すき》を持って歩いている形のものであった。型に嵌らない恰好というのは、その歩く姿の腰の辺りが、極めて自然な線で刻まれているのを指す事は直ぐに判った。

「この間、偶然に出て来てね。何となくなつかしいものだから、こうして置いているんだよ。皮細工は手近に置いて磨いてるとだんだんよくなるんだ」

手に取ると確かに桜皮の部分は磨かれ、私の指紋が明瞭に浮き出した。私は指先でそれを擦り消したが、その私の手許を、伯父は仰向いたまま、眼だけ動かし、半ば笑うような表情で凝と見ていた。

それから死ぬまでの間、折にふれては人形を愛玩したに違いない伯父の姿を、私は想像出来るように思う。そうした日々に、伯父は終日誰とも一言も口を利かないで過す事も多かったであろう。私はふと、室《むろ》の中で水に漬いている伯父の壺の事を思った。

翌る朝、私が起きたのは九時に近かったが妻はまだ眠っていた。私は起さぬように障子を開けて表へ出た。まだ朝の冷えた空気があった。

よく晴れ上ってはいたが、陽はまだ真東の氷岳の峰に遮られて、山の巨大な影が谷を覆っていた。朝の風は殆ど感じぬ程に南から吹いて、硫黄の湧く泉源から立つ噴煙は、左へ向って流れつつ谷を昇っていた。素足に穿く下駄の緒が、夜露に濡れていて冷たかった。

宿は谷のほぼ中央にある。二階建が三棟に分れていて、そのうちの二つは、長期に逗留する自炊客のための棟であった。朝の早い彼等は、既に食事を済ませたのか、縁に並んだ焜炉《こんろ》の火は消され、障子を開け放したまま、また牀にもぐったり、柱に凭れて取り止めもなく話したりしているのが庭から見通せた。軒には雑多な洗濯物が吊され、傍を歩くと、食物の匂いと湯へ入った人が肌に着けて来る硫黄の匂いとが交り合って漂っているのが判った。長逗留の客たちの習慣なのでもあろうか、偶然に私と眼の合った人々が皆会釈をした。総て、陽に灼け皺《しわ》を刻んだ老人たちばかりである。

湯殿の天窓から湯気が盛んに上っているのを右手に見ながら、私は泉源の方へ足を向けた。湯殿の向う側に、沢が流れている。その水音が聞え、時に岩に当って飛沫の散るのが見られた。道は山裾へ向って緩やかな登りとなる。石塊が多くて歩き難い道の端を何気なく見ると、かなり太い木管が半ば以上土に埋められ道に沿って長く続いていた。その木管の中にも水の流れる音が微かに聞えた。更に少し行くと、その木管に小さな孔を穿《うが》ち、細い竹の管で沢の水を引いて、其処から注ぎ入れていた。孔から湯気の噴いているのを見れば、中は泉からの湯が流れているのであろう、煮え滾っている熱い湯を、湯殿に着くまでには適温にする仕組らしかった。

更に十分程行くと、硫黄泉の湧く音が大きく聞え始める。泉源は、山裾の傾斜がそこから急になろうとする斜面に散在し、それ等総ての音が合して響くようであった。その斜面に達する前に、立ちはだかるように高さ一丈に近い巨岩があり、傍に木札が立っていた。札の表の墨の褪《あ》せかけた文字は「猩々岩《しょうじょういわ》」と読めた。

猩々岩を廻ると景色が変った。代赭色《たいしゃ》の、雪崩れたような石塊が一面に拡がり、ほぼ十米《メートル》ずつの間隔を置いてある大小の泉源の周囲は、白味の勝った灰色に染まり、さまざまの形に煙を噴き上げ、重く濁った湯を滾らせていた。足許の地面も熱く、下駄を通してその熱を伝えて来た。僅かな風、或いは空気の流れの変化によって、噴煙はその動きを変えた。時には正面から立っている私の方へ寄せて来て私を包み、暫く後には、重なり合う岩の間の湧出口から、揃って殆ど垂直に立昇った。何度目かに視界が拓《ひら》けた時、私は、遠く離れた一際大きく激しい噴煙を取り囲むように、何人かの人の影が見えるのに気が附いた。初めは泉源地の景色を見物に来た人たちかと思ったが、長い事動く気配を見せない黒い影は、何のためか石に坐っているようであった。思いがけぬその景色に私は興味を惹かれ、揺曳する煙の間を縫ってその方に近附いた。濃い硫黄の気は眼にしみて痛く、奥深く響く噴出の音は私の足音を消した。

最大の噴泉は嶮《けわ》しく切れ込んだ窪地の中央にあり、絶え間ない煙の下に沸騰する湯が激しく動いて、時に窪地の縁まで届く程に高く飛沫を挙げた。遠くから見た黒い影は、その周囲に銘々に石を置き、煙に向き合って腰かけていた。彼等は七人いた。何れも頭を手拭で包み、黒い野良着に似た着物を着ていたが、その衿や裾から白い浴衣がのぞいているのをみると、宿で自炊をして泊っている老人たちなのであろう。皆一様に眼を瞑って、顳顬や頸筋には汗が滴り落ちていた。私から最も離れて坐っている人は、何かを呟いているらしく、白く硬そうな髯の中に埋もれた唇が頻りに動いた。声は聞えぬながら、称名でも唱えているのではないかと私は思った。煙が寄せて来た。思わずそれを避けようとして身を動かした時、手前にいた一人が振向いて私に気附いた。彼は赤味を帯びた眼で、瞬《また》きつつ暫く私を見ていたが、薄い笑いを浮べて緩慢に頭を下げた。戸惑いながら、私も会釈をした。

「遊びにおいでか」

老人が殆ど口を動かさずに言った。

「ええ、まあ」

私は口籠った。そして訊いてみた。

「此処で何をしているんですか」

「何をしているって、ぬくもるものな。こうして居るとな。湯に漬かるよりも、な」

老人はそう言うと私から顔を背け、また元の姿勢に戻った。他の人たちは、何も知らぬ気に身じろぎもしなかった。しかし私は長い事視線を離せなかった。彼等は皆、六十を過ぎ、或いは七十を越えているのであろう。宿の部屋に帰れば、身の廻りの世話をする人がいるのかも知れないが、立罩《たちこ》める硫黄の異臭の中で、それぞれに独りでいるらしいこの老人たちの姿が、私の気持に深く沁み込んで来ていた。

やがて、肌の汗ばむのを感じて漸く足を返し、猩々岩から宿のある広場へ下りて来た時、陽は氷岳の峰より高く昇って、谷一杯に光が満ちて来た。その光に沢の水が輝くのを、私は何か異様なもののように眺めた。

谷の空気は澄んで、陽が注ぎ始めても気温はさして上らなかった。遅い朝食の後は私たちにする事はなく、縁側に二つ向き合って置かれている籐椅子に腰かけた。それから日暮れまで、殆ど無限に時間は続いているように感じられた。妻は家から携えて来た小型の本を持っていたが、それを読むでもなく膝に置いて、縁の手摺《てすり》越しに、斜め前に青黒く聳えている氷岳の方に眼を投げていた。谷は鎮まって、自炊客の棟から時に笑い声が聞えて来るのも、却って静かさを際立たせた。その中に、遠く泉源の鳴る音も唸るように響いていた。

「昔、疎開していた頃に、こんな風に外を眺めてた憶えがあるわ。子供だったけど、親と離れてたから淋しかったのね」

そう言うなり、妻は頭を椅子の背に乗せて眼を瞑った。私は何か話しかけようとしたが思い直して止め、妻の化粧をしていない顔を見ながら所在なく煙草を喫《の》んだ。

そうしていれば、思いは矢張り、葬ったばかりの伯父の方へ流れて行かずにはいない。伯父こそ、何も為す術はなく、ただ表を眺めているよりない時間を、繰返して経験したであろう。伯父がそのような生活をするようになった理由を偶然に知った日の記憶は、私の裡に鮮明である。

これから暑くなろうとする季節であった。常のように金を届けに行った私が、帰ろうとした時、伯父が引き留めた。

「そう急がないなら、その辺を一緒に散歩しないか。な、いいだろう」

伯父は私が強いて帰ると言うのを遮るように立ち、下駄を突掛けて先に庭に降りた。白地の絣《かすり》を着ている伯父が、背後から西陽を受けて、裾の辺りに肉のそげた足の影が映っていた。

伯父の住む辺りは一面の畑で、その所どころに刈り込んで形を整えた防風林を持つ規模の大きい農家が点々とあった。防風林の梢は高く、遠く、それは海に浮く島のように見えた。畑には麦が実り、その中を通る道を伯父は先に立って歩いた。黒い柔かい土の上には、駒下駄の足跡が深く印された。前の日は雨が降ったのかも知れない。道は間もなく急な勾配で下りになり、池が見えて来た。近づくと、池の縁は石で畳まれ、周囲の土地は整地され芝が敷かれ、人の背丈程の若木が等間隔に植えられ、花壇もあって、小さな公園の態を為していた。花壇の傍の棒杭には、「桔梗《ききょう》ケ池風致地区」と表示があった。

「閑なんだから、方々歩いてみればいいようなものだが、来る所はやっぱり決ってしまうね」

三日にあげず伯父はこの公園に来て、時には一時間近くかかって池を一周するそうであった。

伯父が話すのを聞きながら、私は全く動く様子のない池の水に、岸の木の影が鉛直に沈み込んでいるのを見ていた。

「つい半年位前までは、此処は葦の繁った池だったんだよ。この辺までは、足がもぐり込むような湿地だった。桔梗ケ池という名も、向う岸に野生の桔梗があったから、自然にそんな風に呼ばれるようになったんだ。それが今じゃ、こんな有様になっちまった。風致地区なんて、およそ下らないな」

伯父は池に向って据えられた木製の長椅子に腰掛け、袂を探って煙草を取出して私にも薦《すす》めた。

「伯父さんが此処へ来てから、もう大分になりますね」

「そうだな」

伯父は指を折って数えた。

「足かけ五年になるな。そんなつもりもないまま、随分と長く住んだものだ」

「母屋の人たちとは、親しくなったんでしょ。食事なんか一緒に食べられるようにすればいいのに」

伯父が毎日の食事の用意を母屋の主婦に頼み、それを部屋まで運んでもらっているのを私は知っていた。背を丸め、塗物の会席膳の上にかぶさるようにして食べている姿を見た事がある。

「親しくなんぞならないさ。話もしないよ。話す興味がないんだな。近頃は少し眼が薄くなったようで、仕事もあんまり出来ないから、何にもしないでぼんやりしてる事が多いんだ。日が長く感じるな。それなら、余計、話相手を見附ければいいのにと思うのが普通かも知れないが、そういうものではないな」

「独りで過すのに慣れてしまって、その方が気楽というわけですか」

「慣れたというのとは違うな」

言いさして伯父は眼鏡を外し、着物の袖でその分厚い玉を頻りに拭った。丹念に拭い終ってからも、暫くは手に眼鏡を弄び、黙っていた。

「慣れるんじゃない。慣れるのを待つつもりでいたら、この齢で独りで暮すなんぞ、出来るわけがない。必要なのは、自分で断念することだね」

伯父の言おうとする事が私には判らなかった。ただ語勢が強まったのだけを感じた。

「断念するって、どういう事ですか」

「当り前の生活に纏って来る感情を自分で断ち切るんだよ。人への親しみとか、世の中の事への興味とかをね。言ってみれば、自分の周りに戸を閉てるのさ」

伯父は薄く笑って私を見た。

「まあ、いいさ。判ってもらおうとは思わない。お前は結婚したばかりで、何となく、これから先そう変った事もなくやって行けそうだと思ってるんだろう。それが普通の考え方だろうからな。だが、俺はもう二十年近くも、戸を厚くする事ばかり考え続けて来たんだよ」

二十年近くというのは、伯父の過した戦後の日々であろう。伯父の独りの生活が始ったのは、戦争の終りの年の春先からである。三月の空襲で伯母は爆死したと私は聞いていた。そしてそれ以後、伯父と生活を共にした人はいない。

「伯母さんは、空襲の時に殁られたのでしたね」

幼い頃に伯父よりも遙かに親しんではいたが、今では記憶の薄らいでしまった伯母の姿を、努めて思い出そうとしながら私は言った。

「そうだ。そういう事になっている」

「なっているって、実際は違うんですか」

「違うね」

伯父は頸を強いて捻じ向けるようにして、私を見据えた。

「実際あった事を聞きたいか」

私は答に窮して、ただ伯父の眼を見返すよりなかった。伯父がまた薄く笑った。

「俺の家が焼かれた時、あれも焼け死んだ事になっている。だがね、棺に納まる時のあれは、ちゃんと経帷子《きようかたびら》を着て、薄く化粧までしていたな。そんな焼死ってあるものか」

伯父は足を強く動かして、近くの石を池の中に蹴り込んだ。そして続けた。

「あの日、警報の出た初めの頃、俺たちは何時もするように、庭の防空壕に入っていたんだ。僅かばかりの荷物を持ってな。ところが、周りが妙に騒がしくなったんで戸を開けて見たら、頭の上の空は真赤さ。火の近いのが直ぐ判ったな。荷物は壕の中に置いて逃げたよ。足の遅いあれの手を曳くようにして、目当てもなく、随分長いこと歩いたな。一度何処かの大きな邸の門の前で、腰を降して休んだ事があった。その家がまだ焼けていないのを、ひどく不思議に思って眺めたものだった。漸く夜が明けて帰って来てみると、案の定、家は焼けて何にもなかった。だが、まあそれはどうでもいい。俺が焼跡にぼんやり立っていると、壕の方へ行ったあれが、妙に甲《かん》高い、金切声に近いような声で俺を呼ぶじゃないか。愕《おどろ》いて行ってみると、壕の天井に大きな穴が開いていた。焼夷弾の直撃を喰ったんだな。勿論、中の物は焼けて跡形もありゃしない。あれは、その穴を凝と見ていた挙句、こう言ったものだ。もう少し此処にいたら、あたしたちも死んでいたのねって」

　伯父は今度は白じらと笑ってみせて、新しい煙草を銜《くわ》えた。

「しかしその場の俺には、あれの気持の中身がまだ全然判っていなかったんだ。それを思い知らされたのは、焼けてから暫く、あれと二人、巽《たつみ》町の叔母の所にいた時の事さ」

　伯父が巽町の叔母というのは、私から見れば、祖父の妹、つまり従祖母に当る人で、齢は伯父とさほど距ってはいなかった。親戚の殆どが伯父に好意を持たなくなってからも、この人だけが平常に附合っていたようであった。伯父に与えられる援助の金も、大部分はこの人が負担していた。

「極く短い期間だったが、巽町に身を寄せていた頃の事を、俺は決して忘れないよ。あれは、傍から何を言っても口を利かず、物も食べないようになってしまった。そのくせ、夜中に大声で叫んだりするんだ。壕の天井が破られていたのを見附けた時と同じ声でね。そうなってからは、もう二週間と保たなかった」

「歿ったんですね」

「狂い死にさ。医者は何か別の病名を附けていたが、俺はそう思っている。その場に居合せたら、誰だってそう思うだろうよ。空襲で死んだ事にしたのは叔母の知恵だ。将来俺が後添《のちぞえ》を貰う時に障《さわ》りになるといけないと言ってね。考えてみれば、あの叔母には随分と厄介をかけたものだ」

伯父は独りで話すのに少し疲れたように、暫く口をつぐんで、池の面の方に眼を遊ばせた。陽は翳り始め、緑を含んだ水の色が深くなっていた。

「尤も叔母の気遣いも、結局無駄にした事になってしまったな。俺はそれ以来二度と、人と一緒に暮そうという気にならなかったのだから」

私の方を見ぬ儘に、伯父は続けた。

「後添の話は幾つもあったさ。善意で持ち込まれた話だという事も俺には判っている。それを素気なく断って、非難された事も多かった。だが、自分の一番近くにいた者にあんな形で死なれた人間の気持なんぞ、経験のない奴に簡単に判ってたまるものか」

こう言った伯父の言葉には、露わな激情の影は見えず、むしろ嘲るような響きがあった。若しかすると、そうして自分の感情を覆い隠す習慣も、伯父が長い独りの暮しのうちに身に着けたものかも知れなかった。私はまだ先に話が続くかと思ったが、伯父は突然、根元まで吸い尽した煙草を捨て、足で躙《にじ》り消してから立上った。

「つまらぬ話をしたな。人の経験なんて、傍で聞けばつまらぬものだろう。俺もついぞ喋った事はないんだ」

私たちは、先刻歩いて来た道を戻り始めた。その途中、伯父は再度、かなり大きな声で何かを呟いた。二度とも、私は話しかけられたのかと思って、伯父の方を見たが、その度に伯父は「いや」と首を振って笑った。話す相手のない暮しは、伯父に独り言の癖をつけているらしかった。家の前まで来ると、伯父は淡泊に手を挙げて別れ、夕方の色の拡がり始めた庭の中に、消えるように入って行った。

私が、伯父に格別の関心を持ち始めたのは、この日からであったと思う。「あの人は変り者ですからね」と言い交している親戚の者の声を、私はそれまでに繰返して聞いた。その声の中には、一見気儘に見える伯父の生活への非難とともに、経済力の無さへの軽侮が籠められていたのであろう。そして私も殊更に何も思うことなく、それを聞き流していたのである。しかし、池の端で聞いた伯父の言葉は、眼の前に拡がっていた深い水の色とともに、鮮かに私の裡に遺され、私の心を伯父に向けさせたようであった。

巽町に従祖母を訪ねたのは、それからほぼ一箇月後、梅雨が明けて暑さの厳しい日であったが、その時、私は自ら進んで伯父を話題にした。

「そうかね。あの人がそんな昔の事を話したかね。矢張りあの人にも、何かの拍子で人に話したくなる時があるんだね。珍しいことだ」

従祖母は白無地の扇子をしきりに使いつつ、私の話を聞き終るとそう言った。

「昔から圭角のあるので有名だったが、それだけ自分の才能に自負のあった人なんだよ。貴方なんかは、あの人の盛んな頃の事は知らないだろうが」

「ええ、大分前に、一度話を聞いた事があるだけです。詳しくは知りません」

伯父が私に若い日の事を話したのは、まだ郊外に移る以前、印刷会社の嘱託として勤めている頃であった。何の用事で訪ねたのであったかは記憶にない。ただその日は、酒を薦められたのを憶えている。

かつて伯父は郷里の東北の新聞社に勤めていた。戦時の政策によって地方新聞が一県一紙に統合される以前の小さな新聞社で、伯父は記事を書く傍ら、連載小説まで受持っていた。

「それはそうと、お前は、俺の小説をまだ読んだ事がないだろう」

酒を飲んで、そして弾まぬ話をするうち、伯父がそう言って持ち出して来た包には、三冊の古い切抜帖があった。伯父は戦争直前に其処を罷め、都会に出て来て戦災に遭ったのだが、その切抜は元の新聞社に保存されていたのを譲り受けて来たのだそうであった。私は古い紙の匂いのするそれを手に取って、次々と頁を繰った。題名や挿絵、文章の調子から察すると、一篇六十回から八十回続き程度の読物と思われた。伯父は恐らく、新聞社の立てる企画に従って、註文通りに書き飛ばしていたのであろう。

「他にもあった筈だが、遺っているのはそれだけだ。あの頃は他の仕事も忙しくて、書き溜めなんかしている暇はないからな。毎日締切間際になって、工場の隅で書いたものさ、藁半紙に、鉛筆でな」

切抜を見る私の手許に眼をやりながら、伯父は音を立てて酒を啜った。

「それでも、ひどく読者の受けがよくて、俺の小説のお蔭で売行きがぐっと増した事があってね。そんな時は、会社から特別に金一封が出て、その金で仲間と一杯飲んで、挙句の果ては皆で俺を胴上げさ。こんな話、法螺《ほら》だと思うかい」

伯父は盃を唇に当てて、促すように私を見たが、私は答えられず、多くはない酒で頸筋から頬、眼許にかけて赤らんでいる伯父の顔を見返すよりなかった。

「いい時代だったんだよ、あの頃は。今の新聞社じゃ、記者が連載小説を書くなんて事は、まあないだろう」

伯父は手酌で自分の盃に酒を盛り、それから思い出したように私に銚子を突附けた。それを受けながら、私は気持が冷えて行くのを感じた。酔に荒れた伯父の頭に甦っていたのは、常に独りで温めている思い出であったに違いないが、それを言う言葉の端々に窺われる気負いは、その時の私には醜いとしか思えなかったのである。

しかし、夕方の池で聞いた話の後では、こうした伯父の姿も、また違った彩りを持って思い浮べられた。私は従祖母に言った。

「伯父さんの書いたもの、今では少し読んでみたいような気もします」

従祖母は笑った。そして、

「そうだ。貴方にあれを見せようかね」

と俄かに思い出したように言うと、隣室に立って行った。やがて、私の前に持ち出されたのは、二つ折にした半紙を綴じて作った冊子の何冊かであった。画用紙の表紙には、水彩絵具で描いた絵があしらわれ、標題は凝った花文字で「若書き草紙」と読めた。

「これは、あの人が中学にいた頃作ったものさ。友達が二、三人と、貴方のお父さんも仲間に引入れられていたっけ。同級生に回覧して得意になっていたものさ。それからね」

と従祖母はそのうちの一冊を取り上げ、

「この表紙を描いたのは、私だよ」

私は愕いて従祖母を見た。人に対する時は何時も正坐した姿勢を崩さないこの人からは、絵を描いている若い日は想像し難かった。

「それもこれも、皆あの人の熱意がさせたんだよ。私がその頃絵に興味を持っていたのを知って、無理矢理に描けと言いに来たんだが、若い頃は、そういう熱意には惹かれるものだからね」

「小説集なんですか」

「小説もあれば、詩もある。でも、どのみち、中学生のこさえたものだ、今みたら、さまにはなっていないだろうよ。私の所にこれだけ遺っていたのは偶然だけど、あの頃から時代が経ってみると、つまらない物でも何だか棄て難い気がしてね。貴方、若しよかったら、持って帰って読んでごらん」

その夜私は、古びて茶色の汚斑《しみ》が目立つ冊子にあらかた眼を通した。半紙には細かい毛筆の文字が認《したた》められていたが、その半ば以上は、今とさして変らぬ伯父の手蹟であった。内容には何一つ興味を催させる物はなかったが、頁をはぐる私の裡に絶えずあったのは、まだ若い伯父と従祖母の影である。二人が年取ってからをしか知らぬ私は、具体的に或る情景を思い描けはしなかったが、二人の間にあった感情の流れは察しられるように思った。早熟な伯父は精一杯の背伸びをし、やや年上の従祖母は、それを好もしく見守っていたに違いなかった。

数日を経て、私が、その草紙を持って伯父を訪ねたのは、伯父の口から当時の思い出を聞きたいためであった。夜で、伯父は縁側に蚊遣りを焚き、柱に凭れて暗い庭を見ていた。部屋には既に牀が延べられてあった。

「何だ、こんなに遅く来るのは珍しいな。用でもあるのか」

「いえ、用というわけじゃないんですが」

縁に腰を掛けると、蚊遣りが匂った。

「この間、巽町へ行きましてね、これを貰って来たんです」

私は風呂敷包を拡げて、伯父の手製の本を取り出した。一瞥して伯父にはそれが何か判ったらしかった。しかし、何も言わず、手に取ろうともしなかった。視線を直ぐに外して再び庭に眼をやり、緩慢に団扇を動かした。故意に私を無視する色があった。

「これには、家《うち》の父も加わっていたのだそうですね。それに、巽町のおばさんが表紙の絵を描いたというのには驚きました。あのおばさん、若い頃はどんな風だったんだろうな」

重ねて私が言った時、伯父は不意に立って部屋の方に踏み込み、敷いてあった牀の上に、殆ど身を投げ出すように寝転んだ。そして、仰向いたまま、激しく燐寸《マッチ》の音をさせて、煙草に火を点け、二三度荒く煙を吐くと、その吸差しを強く庭へ向って投げた。火のついた煙草は、縁にいる私の頬をかすめて、庭石の傍に落ちた。私は何か言おうとしたが、伯父の横顔がそれをさせなかった。

「どうも、俺はお前に、言わぬ方がいい事を言ったようだな」

暫くして漸く伯父が言った。

「女房が普通でない死に方をしたなんていう話は、妙に他人に昔の事をほじくり返してみようという気を起させるものらしい。物見高い親切ごかしを、何度も聞かされたものさ。お前にしたって、物好きから、巽町で俺の話なんぞしたんだろう。それにしても、あの叔母も莫迦《ばか》な物を持ち出したものだ。小生意気な女学生の頃にこさえた物を、今更人に見せるなんて、理解出来ない神経だな。とにかく俺は、そんな物を梃子《てこ》にして、昔を掘り返されるのは真平だよ」

口籠るように伯父は言っていて、語尾は聞き難かった。私が縁から上ろうとした時、気配を察した伯父は手を振って制した。

「もういい。帰ってくれないか」

私は黙ってそれに従った。伯父の本を再び風呂敷に包み、挨拶もせずに立ち去って来た。伯父の家から電車の駅までの、かなり長い暗い道を、私は殆ど何も考えずに歩いたと思う。途中、農家の庭で、何を燃しているのか、火を焚いていた赤い色が、遺っている唯一の記憶である。

それ以後、伯父の家へ行く私の足は間遠になった。伯父へ渡す金は相変らず私の手を通ったが、私はそれを郵便で送り附けたりした。たまに訪ねては行っても、私には矢張り融けぬ蟠りがあって、用件を済ませると足早に帰った。伯父も恐らくは私の気持を知りながら、黙ってそれを見ているようであった。それから伯父の死ぬまで、もう幾許の時間もなかった。

伯父の思い出は、何一つ私を楽しませはしない。谷の宿で眼の下の広場を時に人が歩いているのを見るともなく見ながら、私は何時か自分が重く屈託しているのに気が附いた。

妻は、本を手にした先刻と同じ姿勢で、何時の間にか眠りに落ち込んでいた。


午後になると、妻も漸く気力を回復したらしかった。女中が昼食の註文を取りに来たのを、朝が遅かったからと断り、

「何処か散歩にいい所はないかしら」

と訊いた。

「笹岳へでも登ったらどうです」

と女中は言った。笹岳は氷岳に並んで谷の東南にあったが、標高は遙かに低く、起伏もなだらかで、散歩というには少しきついが、二時間程度で頂上まで行けるそうであった。私はまた

妻が疲れはしまいかと危ぶんだが、妻は、

「いいの。気疲れで参ってたんだから、体は少し動かした方がいいのよ」

と、直ぐ着替えにかかろうとした。宿の帳場で有合せの古い運動靴を借りて、私たちは出掛けた。

猩々岩に行き着く少し手前を、丸太を組んだ危い橋で沢を渡ると、其処が笹岳へ登る道である。初めのうちは疎《まば》らな林で、その間を行く狭い道は湿っていて、蹠《あしうら》に弾むような感じがあった。林は二十分程歩くと急に跡切《とぎ》れ、それから先は腰の高さまである薄《すすき》に似た草が拡がって、道もやや急になっていた。妻は先に立ち、時には行く手にかぶさっている草を掻き分けるようにして足早に歩いた。私は何度か声をかけたが、妻は振り返らずに答え、それは私によく聞き取れなかった。

中腹を過ぎると、草の丈は次第に低くなり、やがてそれが一面の笹に変った。この山を笹岳と呼ぶのは、そこから来たものであろう。その頃、気が附くと空には雲が湧き始めていた。風が渡り、笹は一斉に葉裏を見せたが、それも、山の天候の変り目を示しているのかも知れなかった。思わず私は麓の方を見返ったが、谷は林の蔭に隠れて見えなかった。

頂上には小屋があった。三坪に満たぬ程の粗末な小屋である。窓硝子は破れて板が打ち附けてあり、中は暗かった。私たちは小屋の前の石に腰を降した。途中一度も休まずに登って来て汗ばんだ肌が、遮る物のない風に吹かれて忽ち冷えて行った。

氷岳が直ぐ右手に、切り立つようにして聳えていた。谷から眺めた時には、それは青みがかって見えたものだが、近くで見る岩の肌は薄墨の色をして、ささくれ立ち、耳を澄せば落石の響きまで聞えそうであった。その頂に近い辺りをかすめて、雲が早く流れた。私たちを囲む笹は風に葉を擦り合せて鳴ったが、時にそれが熄むと、周囲からは一切の音が消えた。

ふと傍を見ると、妻が私の方を見ていたのと眼が合った。

「ね、今、考えていたんだけど」

と妻は低声で言った。

「あたし、死んだ人の顔って見た事がないのよ」

咄嗟に私には妻の言う意味が判らず、聞き返そうとしたが、妻はそれを手で抑えて続けた。

「あたし、近い身内に死なれた事がないの。憶えがない程小さい頃は別だけど。そのせいかしら、今度の伯父さんの事で、何だかひどく気持が沈んじゃって。血が繋ってもいないし、親しくもしていなかった人なのに、訝《おか》しい位よ。これが若し、自分の両親が死んだのだったらと考えると、恐しいような気がするの。誰でも経験するのが普通なんでしょうけど、あたしに耐えられるとは思えないわ」

私には受け答えする言葉がなく、ただ無意味に頷くよりなかった。そして妻も、敢て私の答を期待しているようではなかった。

数多くの死を私は見ている。最初に見たのは、幼い日の祖父の死であった。その時の記憶は、北を枕に屏風を立て廻して置かれてある祖父の遺体である。周囲には誰もいず、私は顔を覆う白布を持上げてみた。右の眼を眠らせ損ねたか、薄眼を開いたようになっていた。それから祖母が死に、両親が死んだ。それぞれの死顔は記憶に鮮かにある。祖母が死んだ時、父がその枕許で声を挙げて哭《な》いた。小学生であった私は、大人が哭くのに、殆ど気を呑まれて見ていた。父の死んだ翌る日の昼、其処だけは人のいない座敷の隅で、母が肘を枕に、白い浴衣の裾を僅か乱して、倒れ込むように眠っていた。母の額から顳顬にかけて、汗が薄く滲んでいるのを、私は半ば眼を背けながら見た。

しかし、これ等の光景のあった日に、感情が大きく揺り動かされた記憶は、私にはない。父に次いで母を喪い、唯独り遺された時にも、私の裡にあったのは哀しみではなかった。死の持つ力は私の感じる力を超えて大きく、私は何事も思わず、ただ母の顔を見ていた。こうした経験が、その後の私に刻み附けたものは大きかったに違いない。私は先刻、宿で伯父を考えていた自分の気持の底に、冷たい憂鬱感はあっても、哀しみとは違っていたのに思い当った。だが、仮令私の経験を詳細に語っても、妻は理解しないであろう。妻は妻自身の不幸に突き当って、其処から何かを知るより他ない筈であった。私は全く別の事を言った。

「こんな山の中へ来たのは失敗だったね。もっと賑やかな所へ行って、気晴しに遊べばよかった」

「もう、いいの」

この時、妻は、朝から初めて表情を綻《ほころ》ばせた。

「そろそろ帰りましょう。寒くなったわ」

妻は周りに繁っている笹の葉を数枚摘んで手に弄んだ。それから私たちは下り始めた。

宿に着くと、直ぐに暗くなった。山に囲まれた谷は、陽の隠れるのも早いのであろう。夕食の時、私は酒を呑み、妻にも薦めた。食事が済むと、畳に寝そべって取り止めもない話をした。話が伯父の事へ及ぶのを私は努めて避け、同じ気配りは、妻にもあるのがよく判った。

遅くなってから、私たちは湯を浴びに立った。自家発電の電燈は夜十時で消え、後は、部屋の隅や廊下の角にある油燈の光だけになるから、それまでに済ませてしまいたかった。

外に出ると、月はなかったが、星は一面で、眼に沁みる様であった。私は笹岳の方を見やったが、山の形は闇に溶けて、稜線の影も浮き出てはいなかった。湯殿へ行く道は、途中に小さな電球を附けた軒燈が一つあるだけで、足許が危かった。湯殿の方から蠟燭《ろうそく》の火を持った人が来て、私たちに、

「お晩です」

と声をかけて擦れ違って行った。湯上りの体から硫黄が匂った。

湯殿には、まだ十人程の人が、銘々に湯に漬かっていて、時に立てる水音が高かった。私たちは、長いこと硫黄の湯に浸されてぬめるような湯槽の片隅に、並んで身を滑り込ませた。湯の熱さが、背筋に沿って頭まで突上げて来るようであった。髪を湿して湯気が流れた。

湯槽の向う端では、中年の女が二人、子供を湯に漬けていた。湯気の籠る中で、私は初め赤子を入浴させているのかと思ったが、そうではなかった。二人の両脇から抱えられているのは、十歳位の子供のように見えた。

「さ、滑らないようにね」

そういう声がした。女たちは子供を湯から引揚げ、床の上に人形を置くように坐らせた。動作から察すると、子供の足は萎えているらしかった。脱衣場に貼り出された温泉の効能を私は読んでいないが、多分、神経の麻痺に効くとされているのであろう。気が附くと妻もその方を凝と見ていて、

「病気の子ね」

と囁いた。

女の一人が子供の背を、一人が胸を丁寧に拭った。それが終ると、母親らしく見える方が肩に子供の手をかけ、もう一人が後から手を添えて、一歩一歩出口の方へ歩き始めた。そして私

たちの傍を通る時、女はかなりきつい視線を投げて行った。女の裸の腰が、子供と対照に張っていた。

妻は、三人が脱衣場の方へ消えるまで見送り、そして呟いた。

「子供はいやね。産みたくないわ。怖いわ」

この時、電燈が瞬いた。それは五分後に電気を止めるという合図であったが、湯殿に残っている誰もが、殊更に急ぐ様子はなかった。辺りは静かで沢の音が遠く、夜の更けた気配が私たちを囲んで寄せて来ていた。

電燈が消えた。後には、ほぼ三尺四方を照すに過ぎない油燈の光だけがあった。その赤黄色い光の一部が湯の面に映えて、僅かなきらめきとともに揺れた。

湯から上ると脱衣場も暗かった。その中で体を拭きながら妻が言った。

「明日は、なるべく早く発ちましょうね」

私は、黙って、妻の背に浴衣を着せかけた。

天候は夜半過ぎから崩れたらしく、発つ日の朝は谷一杯に濃い霧が降りていた。直ぐ向い側の棟さえも、霧を通して黒い影となって見えた。

この谷まで交通機関は入らず、宿の車が一日に四回、列車の発着時刻に合せて、かなり離れた支線の駅まで客を送っている。恰度朝食を済ませた時、軒に吊された拡声機が、「九時半の車でお発ちの方は、玄関までおいで下さい」と告げた。

しかし、その車に乗るのは、私たち二人だけであった。車は霧のために濡れ、内部は冷えていた。

「格別ひどいな、今日の霧は。気を附けて行けよ」

玄関まで見送りに来ていた宿の主人が運転手に言った。車は、黄色い霧燈を点けて走り始めた。

宿の前の広場を過ぎれば、それから谷を出るまでの道は、車一台が漸く通れるだけの幅の急な登りである。車は警笛を鳴らし続け、速度を増して坂を登った。

坂が終り、晴れた日ならば、足下に谷の全景を見下す場所まで来た。霧がやや薄らぎ、高い木の影が現れた事でそれが判った。その時、妻が急に言った。

「運転手さん、ちょっと、止めて」

車は止った。私は妻が宿に忘れ物でもしたのかと思ったがそうではなかった。妻は谷の側の窓を開けて、其処から身を乗り出すように表を見た。

霧は谷に満ち、よく見れば、大きく渦を巻くように動いていた。その動く霧の向うに、氷岳の岩の肌が薄黒く浮んで見えたように私は思ったが、錯覚であったかも知れない。妻は眼を動かさず、軽く唇を嚙んでいた。妻が何を思ってそうしたのか、私は知らない。ただ、伯父の死と、その死の遺した思い出に包まれて谷で過した時間が、妻の裡に、何か新しい感情を育て始めたのだけは判るような気がした。そして何故か、猩々岩の蔭に蹲っていた老人たちの事を、ふと思い出したのを憶えている。

窓を閉めて、妻が言った。

「いいわ、行って頂戴」

車がまた動き始めた。町まではまだ距離があり、私はその間に眠ろうと思った。

浅い眠りの夜

大学の二部と呼ばれる夜間学部の開講は、午後四時半である。しかし、八割が昼間の勤めを持っている二部の学生は、その時間にはまだ殆ど構内に姿を見せない。彼等が現れるのは、五時までの勤務時間を終えてから一時間後、午後六時頃である。それも、朝の学生たちのように、電車の駅から歩いて約十五分の距離の道に、絶え間なく彼等の跫音が続くような事はない。昼間の学生が概ね去って、丸一日続いた構内の騒がしさが漸く退いて行く頃、二部の学生は三々五々やって来て、何時の間にか、螢光燈のついた教室に満ちるのであった。

真船湘一は、裏門近くにある学生食堂の傍から緩い登り坂になって教育学部の校舎へ続く道の中程に立って、寒河洪太の来るのを待っていた。六時にはまだ二十分の間があり、四月末の陽の明るさが道の両側に並ぶ木の梢に残っている。道には、彼のいる方に背を向けて帰って行く人影がまばらにあるだけで、校舎に向けて歩いて来る者は誰もなかったが、真船には、もう十分もすれば、何時ものように背の低い寒河洪太が右に鞄を抱え、やや前のめりに歩いて来るのが判っていた。彼は毎日ほぼ決った時刻に学生食堂へ寄って、菓子パンを二つ食べ、牛乳を一本飲んでから教室へ来るのであった。東北の小さな町で役場の吏員をしている父親からの毎月の仕送りは五千円よりなく、彼は昼間、出版社の校閲係として勤めていた。細かい活字を追うのは眼が弱いから苦痛だが、仕事の間に誰とも話をしないで済むから気楽だという彼を、友人たちは皆、あの男は育った東北の気質を芯に強く持ち続けているのだと思っていた。

寒河は矢張り六時十分前に裏門を入って来た。真船は駈け寄って、食堂の前で声をかけた。

「これから飯かい。一寸、話があるんだ」

寒河は黙って頷いて食堂に入り、例によってパンと牛乳を買った。真船は牛乳だけにした。広い食堂は薄暗くて、食事をしている者は尠かった。二人は窓際の椅子に掛けた。

「小野塚が結婚するんだそうだよ」

真船は言った。寒河は牛乳を湯呑にあけて、その中にパンを浸しながら、眼鏡の中の眼を細めた。

「この間の春休みに九州へ帰って、其処で見合をしたらしい」

「そうか。見合をする位なら、あいつ、前から結婚する気でいたな」

初めて寒河が口を開いた。方言は使わなかったが、その語調には重い東北の訛《なまり》が消えずに響いていた。真船は続けた。

「それで、女房を紹介するから、君と加瀬と一緒に今夜来てくれと言うんだよ」

「また急な話だな」

「実は俺も昨日聞いたばかりなんだ。照れ臭くて言いそびれていたんだろう」

小野塚聡は、彼等と同じ四年生で既に二十五歳になっていた。旧制中学から兵学校を選んだ彼は、戦争のごく末期に基地に配属されたが、その時には基地はあらかた破壊されて、乗組む船もなかった。新造の駆逐艦が雷撃によって港の入口で沈没し、水中からマストだけが出ていたのが、自分の見た唯一の軍艦だと彼は言っていた。戦争が終って後の彼に何があったのか誰も知らない。しかし、戦後数年経って大学に現れた時の彼は、商事会社に勤め、月給が安くて生活は苦しいながら、そのままその会社で終身勤めて行けそうな風を備えていた。同じ科の学生の中には、「彼なんか学校へ来なくてもいいのに」と露骨に言う者もあった程である。そういう小野塚が見合をし結婚するのは当然の事のようでもあったが、真船も寒河も矢張り全くの他事として聞き流すわけには行かなかった。

「小野塚は俺たちと三つ違いだったかな」

残りの牛乳を飲み乾して寒河が言った。

「多分その筈だよ」

「そうすると、俺たちも、もう三年もすれば見合をしたり結婚したりするようになるってわけか」

「そんな莫迦な」

思わず笑って言いながら、真船は寒河が笑っていないのに気附き、彼には何か考えている事があるのを察した。寒河は、よく独りでものを考えていて、唐突にそれを言い出す癖があった。

「莫迦な事とも言えないさ。大体、将来の事で俺たちに今はっきり判断を下せるような事があるのかな。まあ、このまま行けば来年卒業だくらいは判ってるが、それから先は誰にも判りゃしない」

「教員試験を受けるんだろう」

自分ながら実のない応答だと思いつつ真船は言った。彼等が籍を置いているのは教育学部であるが、其処を選んだのは何か理想があっての事ではない。誰も現在持っている職に満足して居らず、卒業後は勤めを替えたいと思ってはいたが、二部の学生に就職試験の道は、殆ど閉ざされている。ただ教職だけが例外であるように見えた。その教員資格を得るために、教育学部に集っていたのである。彼等にとって将来は夢ではなく、また夢であってはならぬ筈のものであった。

「試験に受かったって、教員の口があるかどうかは判らないさ。でも、俺はそんな事より、俺たちの気持の問題を言ってるんだよ。仮にうまく教員になれたとしても、それでどれだけ俺たちの世界が変って来るのかな。誰も確信を持てはしないだろう。むしろ、俺なんか、何にも変らないだろうっていう恐怖みたいなものの方が強いな。だから、今から三、四年も経ったら、誰か相手を見附けて結婚しよう、そういう生活の中へ沈んで行って安定しようという気になっても不思議はないと思うんだ」

「小野塚の結婚をそんな風に見てるのか」

「小野塚がどう考えたか知るわけはないさ。だが、俺は彼がどの程度自分で意識してるかは別として、やっぱり何か思い切ったんだと思うな」

話している間に食堂が店を締める時刻になったらしく、何時も卓に出されたままの薬罐や湯呑の類が音を立てて片附けられ始めた。彼等の他には女子学生が一人、肩をすぼめるようにして饂飩《うどん》を啜っているだけであった。

「何だ、此処は二部の学生の便宜なんか計りゃしないんだな」

と真船は舌打ちして、

「今夜、小野塚はなるべく早く来てくれって言ってるんだ。もう、授業はいいだろう」

「ああ、じゃ、行こうか」

寒河は立って、パンの皿と牛乳の瓶を調理場の方へ戻しに行った。外へ出ると陽は落ちるところで、四月はまだ肌寒さを残していた。

「小野塚は結婚してもあのアパートに住む気なのかな」

歩き出しながら寒河が言った。

「そうするより仕方がないだろう」

真船は、南向きの四畳半で差込む陽から逃げ場がなく、畳も、僅かの本もすべて赤く変色してしまっている小野塚の部屋を思い浮べた。彼の部屋は二階にあり、窓の下を濁った運河が流れていた。水量は尠いが流れは早く、慣れない内は水音が耳について眠れなかったと小野塚は言っていた。

二人が部屋の扉を叩くと小野塚が出て来た。

「やあ、遅かったね。加瀬はもう来てるよ」

そう言う小野塚の肩越しに見ると、部屋の奥の新しく箪笥が据えられた脇に、濃い緑色の服を着た女が坐っていた。女は二人の遠慮のない視線に気附いて頭を下げたが、それがひどく人馴れしていないように見えた。

「女房だ。弓子っていうんだ」

小野塚は言って、皆に坐るように薦めた。狭い部屋に箪笥と鏡台が殖えて、五人入ると殆ど身動き出来なかった。中央の卓には珍しく白布を敷いて、手作りらしい料理が幾つか皿に盛られてあった。

「酒の燗《かん》をするのは面倒だからね、冷《ひや》で我慢してくれよ」

常と変らず無秩序に酒が飲み始められた。初めて会う友人の妻に対して事改った挨拶が必要なようにも思えたが、誰もが何を言っていいか判らなかった。

「こうやって、一人が女房をもらってくれると、我々もいい物が喰えるようになるな」

と加瀬輝男が言った。四人とも酒は飲める方で、誘い合っては大学附近の飲み屋で飲む事も多かったが、彼等の飲むのは大方は、焼酎に梅の液を割った梅割りと称するものであった。偶《たま》に誰かの部屋に集る時には、罐詰を開けたり、自分たちでごった煮を作ったりしたが、そうした時、最も楽しそうに飲むのが加瀬であった。法律事務所に書類整理係として傭《やと》われている彼には弟妹が多く、家へ帰っても落着けないのだと言っていた。

小野塚の妻は、手を延ばして酢の物を鉢から小皿に取分け、加瀬の前に置いた。

「沢山あがって下さいね。なくなったらまた作りますから」

それだけ低声に言って、彼女はまた隅の箪笥に凭れかかるように坐った。

「小野塚、奥さんはいくつだ」

寒河が不躾《ぶしつけ》に聞いた。彼の裡には、先刻真船と話をしかけた事の余韻がまだ尾を曳いていた。

「俺と同じだよ」

小野塚は拘泥《こだわ》りなく答えた。

「そうか。俺たちより大分上なんだな」

小野塚の妻が顔を背けるようにしたのを見ながら、構わずに寒河は続けた。

「結婚するっていうのは、つまり自分で巣を作って、その中に沈み込むことじゃないのかね。それで倖せになれるような気が本当にするかい」

「倖せになるかどうかは判らないよ。でも、今までとは違った落着いた生活が出来るだろうと思ってる」

小野塚は微笑して言って、寒河の茶碗に酒を注いだ。この男は何時も愛想がいい、その愛想のよさに隠されているのは何だろう、と寒河は思った。

「俺の田舎の方では皆早婚なんだよ。俺の高校の同期生で結婚したのが何人もいる。まさに落着いた生活だな。しかし、あれと同じ真似が俺たちにも出来ようとはね」

「俺たちと言うが、小野塚と君は違うだろう」

加瀬が口を挟んだ。

「違うって、歳の差を言ってるのか」

「そればかりじゃないよ」

加瀬は酒を口に含んでゆっくりと言った。彼は友人に較べて言葉の筋道を立てるのに巧みでないのを自分で知っていて、議論めいた事を話そうとする時には殊更ゆっくりとした口調になるのであった。

「小野塚は軍隊に行ったりしてるしな。俺たちとは随分違った経験があると思うんだ。だから、小野塚が今結婚した事にしても、それがどんな経験の上に立っているのかは、よく聞いてみないと判らないだろう。皆それぞれ、自分の過去と切れちまう訳には行かないからな」

「それぞれの過去があって、それぞれ違う経験がある。要するに他人の事は何も判りゃしないということか」

寒河は言って、卓の上の物を音を立てて慌しく食べ、それを酒で流し込んだ。加瀬の言い方が奇妙にわけ知りのように聞えるのに彼は苛立っていた。

「そう言ってしまえばそうなのかも知れないさ。だがね、先刻も真船に言ったんだが、実を言うと俺は、二、三年後の俺の生活を考えると、希望があるどころか、寒気がする位なんだよ。だから、今、小野塚が一生一緒に暮して行く相手を見附けて、落着いた生活が出来そうだなんて言ってるのを見ると、何とも異様な気がするんだよ。恋愛してこうならざるを得ない羽目に陥ったのなら話は別だが、見合なんかして、なんて奴は合理的なんだ。なあ、小野塚、君だってその落着いた生活とやらの代りに、何か断念したものがあるだろう。そいつは一体何なんだい」

「俺は君とは大分考えが違うからね」

小野塚が柔かく言い始めた。

「俺にしてみれば、何も肩肘《かたひじ》張った理窟はないんだ。田舎に帰って彼女に会った時、極く素直に一緒になってもいいと思ったな。俺は卒業したってどうせ今の会社に勤めるつもりだし、大学卒の資格がつけば月給も上ることになっている。俺には将来が見えてるんだ。その見えてる道に沿って歩こうと思っているだけだよ。君にとっては、そういうのはいけないのか」

「いい悪いの問題じゃないさ」

寒河は更に何か言おうとしたが、小野塚は制して、彼の手に酒の入った茶碗を握らせた。

「まあ、そんな話はもう止めとけ。今夜は飲もう」

酒は、寒河のだけでなく、皆の茶碗に注がれた。真船はそれを手に取って唇に当てながら、寒河は何か焦っているなと思い、きっと別の事で鬱屈しているのだろうと思った。しかし、それはさほど突きつめた思いやりではなかった。彼は先刻から回りの話を耳に入れつつ、小野塚の妻の弓子の方を見ていた。

弓子は、寒河が言い、小野塚の答えているのが自分にも関る事とは思っていないようであった。こうした事柄について観念的に言い合う習慣は、彼女のそれまでの生活からは遠いものであったに違いない。彼女はただ皆の皿に食べる物が絶えないように気を配り、自分でもかなり健啖《けんたん》に食べていた。箸を持つ指や、手首の辺りは骨太なのが目立ち、顔も中高で眉が濃く、髪は極度に短く切っていて、露わな頸筋にも逞しさが漂うようであった。時に視線が合っても、微笑を浮べるのは真船の方で、弓子は表情を動かさなかった。小野塚が落着いた生活と言うのは、この女の落着いた挙止に、何か安心出来るものを見出しているせいかとも思われた。

しかし、こうして友人の妻をしきりと観察しているうち、真船の気持は、自然に、滝浪桐子の事の方へ移って行った。それは、酔が廻るにつれ、また寒河の議論も熄み、話が他愛もないものの方へ移って座が乱れて来るにつれ、次第に鮮明になって拡がった。小野塚の女房は、大して高くはない小野塚と同じ位の背丈があるだろう、それに較べて桐子は何から何まで華奢に出来ているな、あいつもやがては誰かと結婚するに違いないが、相手に安心した生活を味わわせるような事には決してなりはすまいなどと、彼は漫然と考えた。この場合、桐子が彼と結婚するかも知れないとは真船には思えなかった。桐子と識り合って既に四年が経って居り、親密な感情が二人の間にあるのは疑えなかったが、それにも拘らず、二人の間の距離は初めと殆ど変らぬような気がしていた。そして桐子には、その間に真船よりも更に親しい男友達が現れてはまた消えて行ったような気配があったのである。一体そんな風になったのは何故なんだ、と真船はまた思ったが、これはかなり以前から、彼が屢々思い浮べては投げ棄てて来た疑問である以上、酔った頭に目新しい答の生れよう筈はなかった。それにしても見合というのは、全く見ず知らずの人間同士が会って、立ちどころに話を決めてしまうその早さが取得《とりえ》みたいな習慣だから気楽でいいな、小野塚の奴、見合の時どんな事を言ったんだろう、と真船は実際にそれを小野塚に聞こうとしたが、恰度その時、小野塚が何かで大きく笑った顔に突当って止めた。その愉快そうな顔は、他人の問など受附けそうにもなかった。あれは全く常識家の顔だ、要するにあいつは何処でもあの顔で押し通したのに違いない、そう思う事で彼はこれまでの裏切られたような気持を密かに慰めた。

真船が桐子の家を訪ねて行くのは、ほぼ正確に二週間に一度の割であった。仮に一日置きに訪ねたところで、桐子は変りなく笑って迎え入れるに違いなかったが、何故か彼は二週に一度という数に執着した。それはただ、余りに頻繁に行く事で、何かにつけて桐子ならこういう時どういう表情で何を言うだろうかなどと考え、一度そう考え出すとその連想から逃れるのに苦しむような状態にある自分の心を露わにしたくないという見栄に過ぎなかった。しかし、反面では彼はそうして長い時間をかける事によって、二人の間に共通の感情が育って来る筈だと思い込もうとしていた。そしてその観念に縋《すが》って、桐子と別れて来た二、三日後には、次に訪問する日を独りで決め、それを毎日数えて待つという虚しい繰返しに耐えていた。

酒は殆ど尽きて、卓の上も荒れ果てた。寒河洪太は酔に煽られて饒舌になり、全く相手を顧みずに喋っていた。真船はそれを遠く聞きながら、急にひどい睡気を覚えて横になり、横になる拍子に部屋が大きくゆらぐのを感じ、そのまま眠ってしまった。殆ど話に加わらずに独りで飲み続けた事が、彼の酔を深くしていた。眠りの途中でしきりに彼を呼ぶ声がし、「いいよ。そうしておけ。まだ終電までは時間があるだろう」と小野塚が言うのを聞いた。
　暫くして、酔余の泥のような感覚の中から漸く真船が眼を醒すと、部屋には人気がなく、窓の下の運河の流れるのが際立って聞えた。小野塚が皆を送って行ったらしいなと思いながら起き上ろうとした時、部屋の隅で何か物を啜る音がするのに気が附いた。そっと首だけ挙げて見ると、食い残した物が散乱しているという感じの卓の前に、小野塚の妻が独り向うむきに坐って茶漬をかき込んでいた。その姿に真船はふと声をかけそびれて、酔と睡気の澱んだ眼に眩しい電燈の光が照らしている、やや怒り気味の女の肩の辺りを長いこと見ていた。

　滝浪桐子の家は東京の山の手にあって、その附近は戦災に焼かれなかった。電車通の商店街はありきたりの店が連っているに過ぎないが、停留所を降りると直ぐに住宅地へ入る道があり、その道から直角に、青葉小路、橘小路、霞小路などと名を持った小路が枝のように伸びていた。滝浪家のある霞小路は、僅か一間半程の幅で、細かい砂礫を敷き、両側の家は多く檜葉《ひば》の垣根を廻らし、庭はさほどの広さではなくとも、内にいる人の影が見える事はない。不断は静かで、近くの街のざわめきも聞えて来ない中に、時に子供の声などが甲高く響く事があり、檜葉の垣のくすんだ緑は、目立たないながら、差しかける陽の強弱、季節の移り行きに従って色合いの濃淡を明らかにした。砂礫を踏みしめて歩きながら、真船に思い出されるのは、これと同じに感じられる景色の中にあった、かつて両親とともに住んだ家である。

その家は終戦の年の春に空襲で焼かれた。両親は爆死した。彼独りが生き残ったのは、親しくしていた隣家の年上の少年に手を引かれて走って逃げたからである。火は垣根から立木までを焼いて、親の遺骸は瓦礫の中に見出せなかった。焼跡から一握りの灰を掬《すく》って骨壺に納めるように教えたのは父方の祖父の奎一郎である。真船はこの祖父の手許に引取られて育った。奎一郎は早く連れ合いに死別れ、古くから家に居着いて「ああいうのを本当の飼殺しというんだ」と親戚から蔭口をきかれている年とった家婢の佐代とともに、郊外の狭い家に住んでいた。家の敷地は四十坪に過ぎず、濃くは茂らぬ垣根越しに、隣家の気配が察しられるような造りの家であった。戦後、或る個人会社に文書係の嘱託として勤め、その生活は楽ではなかった。勤勉で知られる人で、夜も会社から持ち帰って来た書き物をする事があったが、その多くは、他人の拵《こしら》えた稟議書《りんぎしょ》などを丁寧に書き写す仕事であった。

「少し手伝おうか」

何時か真船はそう声をかけた事がある。しかし、祖父は眼を挙げずに言った。

「いや、いいんだ。私はこの字のお蔭で、月給を頂戴しているんだからね」

この時初めて、祖父の生活に触れた思いがしたのを、真船は憶えている。

高校三年の夏休みの終った日、彼は祖父に呼ばれた。

「残念だが、お前を大学までやる事は出来ない。だが、これから四年間だけは、これまで通り食べる事は私がみてやろう。その間に金を貯えて将来に備えるなり、学資分だけ稼いで夜の学校へでも行くなり、自分の好きにするがいい」

こう言われて真船は、勤めながら夜間の大学へ進む事に決め、親戚を頼ってその関係する会社の社内報の編輯部に就職した。其処は会社の中では暇な部署で、真船は夜学へ行っているという理由を認められ、一日おきに半日で帰る事を許されていたから、彼は、他の二部の学生に較べて恵まれていたと言える。事実、寒河などは、「真船、お前は贅沢だからな」と何かにつけてそれを口にしたがった。

しかし、桐子の家への道で、自分を仕合せだと思う事は真船には出来ない。家を囲む雰囲気が似ていれば似ているだけ、自分がそれを失ってしまったという喪失感は強いようであった。家の焼かれた夜に見た火の色を彼は憶えている。特に、両親とはぐれて隣家の少年と逃げる時、何処かの家の戸袋に火が廻って激しく燃え立っていた、その炎の形を鮮かに憶えている。あの火さえなかったら、自分もきっと桐子と同じ場所にいた筈だと、彼はよく考える事があった。現在送っている二部学生としての生活が、殊更に欠ける所が多く誇りを持ち得ないものだとは決して思いたくはなかったが、それが桐子の日常と相関らぬ所にあるという事だけは、確実に承認しなければならなかった。

桐子の家の門は、深夜でない限り締っていた事がない。玄関は庭の奥にあり、門から其処へ行くまでの間、訪ねて来る客は座敷から縁越しに眺められるようになっている。真船が入って行くと、水色の服を着た桐子が、足を投げ出し俯いて何かに見入っているのが見えた。縁側の硝子戸は開け放されていた。跫音に気付いて桐子は眼を挙げ、

「あら、玄関へなんか廻らないで、此方へいらっしゃいよ」

と言った。しかし、晴の日が続いて乾いた土に水が打たれた跡のある庭を横切って彼が近寄ると、また眼を手許のノートに落して暫く黙っていた。そういう桐子のあしらいに真船は慣れていた。

「あ、お茶を淹れてあげましょうね。それとも、もう暖いから冷たい物の方がいいかな」

やがてノートを放り出すと、性急にそう言う口調も真船には慣れたものである。慣らされるだけの時間があった。

真船が桐子と織り合ったのは、互に高校生の時である。当時真船は演劇部に属していたが、彼の高校は共学ではなかったので、公演の時に近くの女子高校に協力を求めた。その時にやって来た五人の女高生の中に桐子がいたのである。尤も彼女は舞台に立つわけではなく、演劇部のマネージャーだと称していた。後になって、誰かが、一度舞台に出てみればいいと薦めた事

があったが、桐子は即座に「あたしみたいな小さな顔が舞台映えがする筈ないじゃないの」と言った。聞いていて真船は、舞台と容貌とを直ちに結び附けているらしい、この自分より二級下の女高生の言い方に愕いた。

高校生の演劇に、さほどの金がかかる筈はなかったが、その時の経理はかなり杜撰《ずさん》で予算の範囲を大幅に越し、そのために貸衣裳屋から借りた衣裳の費用が不足した。全員で自腹を切って赤字を埋めようと相談が決りかけた時、それより貸衣裳屋に負けさせるような交渉をした方が利口だと桐子が言い出した。皆は無責任に賛成して交渉の役を桐子に押しつけた。真船が同行する事になったのは、ただ、主催した学校の方から誰も行かなくては具合が悪いように思われたからに過ぎない。

貸衣裳屋は、遠い郊外の映画撮影所の近くにある。其処へ行くと桐子は、渉外部の主任を呼び出し、彼に向って、自分たちがどんな芝居をどういう切詰めた予算でやったかを、数字を挙げて詳細に述べ立てた。真船にはその数字が果して正確なものなのかどうか判らなかった。主任は初め訳が判らぬ様子で聞いていたが、最後に桐子が、だから衣裳代を負けて欲しいと言った時、遂に笑った。

「まあ仕方ないや。お嬢さんの芸事の月謝を出してあげたつもりで負けてあげましょう」

規定の半額以下の金を払って表へ出た時、桐子は真船を見返って、ふと白い歯を見せて笑った。

私鉄の駅までは歩いて三十分近くあった。広い撮影所の敷地を囲む塀が切れると畑になる。四時をやや廻った秋の西陽がその上一面に光を投げ、肌に感じられる程ではなかったが風があるらしく、収穫が近く黄ばんだ陸稲は戦《そよ》いで、その葉裏を輝かせた。

「のどかなんだね、この辺は」

真船は一足先を歩いて行く桐子に声をかけた。

「そうね。家が全然ないものね」

桐子は振返って真船と歩調を合せながら言った。笑うと特徴のある歯並みがよく見えた。二本の前歯の間がやや空いていて、その両側の歯は三角に尖っていた。暫く雨を見ない道は乾いて、二人の靴は既に白かった。桐子はハンカチをかざして陽を遮りながら畑の方を見た。真船が気に留めたのは、細かい刺繍《ししゅう》のあるハンカチの蔭で眼を細めた桐子の眩し気な表情である。

「この辺の土地、いくら位で手に入るものかしらね」

暫くして桐子が言った。真船は一瞬、彼女の頭の動きが判らずに戸惑った。

「さあ、畑だから、五、六千円もするのかな」

「そんなものかしら。それだったら、あたしにも買えない訳じゃないいな」

「小遣で買えるのかい」

真船は、態《てい》よく揶揄《やゆ》されているのではないかという気もしたが、桐子の口調にはそれと感じさせるものはなかった。

「そうじゃないわ。ただ、ずっと先の事でも、こういう広い場所が自分の物になって、其処で何か自分の好きな事が出来る可能性があるって考えるのは楽しいじゃない」

「事業でも始めるみたいだね」

「そんな具体的な計画なんか、勿論なくってよ。それでも、あたしは大学を卒《お》えたら自立したいのよ。それじゃなくちゃ詰らないわ。貴方は将来の事など考えた事はないの」

真船はその頃既に夜間の教育学部を受験する気持を固めていたが、それを桐子に話すのを憚った。桐子の家庭がどういうものか知らないながら、将来の自立を言う桐子の口裏から彼が感じたのは、恵まれた環境に育った若さの響きであり、それに較べて夜間大学を卒えて教員になろうという志望は、将来という何か不確定なものを含んでいる筈の言葉にふさわしくないものと思われた。

「ぼくだって具体的には考えてないな。夢みたいな事ならあるけど」

と彼は言った。桐子の言う自立の希望が、現実の裏附けは何もないものであるにしても、それを躊わずに口にする桐子の性格は、祖父に養われる形で、家婢にさえ気を配りながら培って来た彼の性格とは遠い距りがあると感じられ、その事が却って、彼の裡に新鮮な感情を呼び醒していた。

会話はそれで跡切れ、それから二人は黙って私鉄の駅まで歩いた。空いている電車には西陽が一杯に差していた。その中で小造りの桐子の横顔が明るんでいるのを、真船は珍しいものに盗み見て、こんなそそられるような感情で女の子を見るのは俺には初めての経験だと思ったが、それが今後どう育って行く感情なのか予測はつかなかった。

貸衣裳屋の件を巧く捌いた事から、公演の後始末はすべて真船と桐子とに任される形になり、二人は勢い繁く会った。桐子の家を訪ねる習慣も、そうした裡に自然に出来て行った。真船は一度桐子を自分の部屋に呼ぼうと思ったが、それは果さなかった。何かの折に彼女から葉書が来た時、その表書を見た祖父は、

「ふん、まずい字を書く子だな」

と言ったのである。その言い方に、彼はこの交際を歓んでいない祖父の感情を敏感に読み取った。祖父の感情に彼は逆えなかった。

真船が大学の二部へ進もうという志望を桐子に打明けたのは、入学試験日の十日程前であった。彼はその暫く前から桐子に話す事を考えておいた上で喫茶店に彼女を呼び出した。寒い日で雨が降っていた。桐子は明るい緑の傘をさしてやって来たが、先に店に着いて入口の硝子扉越しに見ている真船の眼に、傘を窄《すぼ》める時の彼女は何か口笛でも吹いているような表情に見え

た。

「冷えるわね。わざわざ電話下さって、お話って何」

桐子は性急に手をこすり合せた。真船は、こういう雰囲気は、考えて来た話をするのに適当でないと思いながら、強いてそれを押し切るような気持で話し始めた。しかし、桐子は彼の言おうとした半ばまでも言わせなかった。

「そう、これからずっと自分でやって行くのじゃ大変ね。でも、別段慰めようなんて思わないけど、昼間の勤めで何処か面白い所を探したら、その方が却って面白いんじゃない。学校なんか、どっちへ転んでもそう違う筈ないもの」

「だけど、講義の内容なんか随分違うらしいよ。それに皆勤めてるんだから、友達だって出来るかどうか」

「そりゃ、判らないよ。だけど決っちゃった事だとしたら、悲壮がってみても始らないじゃないの」

「悲壮がってなんかいやしないさ」

真船は殆ど声を荒らげたが、その響きには弱い所があった。彼の計画では、祖父に話を聞かされた時から、その日までの間にさまざま考え、迷いもした事の総てを桐子に語るつもりであった。それを思い附いた当初には、軽く事実を告げておこうという程の気持でしかなかったが、黙って彼の言葉に耳傾けている桐子を想定して、話す内容を考えているうち、そうして自分を晒《さら》す事で、桐子との間がより緊密になるかも知れないという期待が自然に芽生え、育って行った。しかも、一方で何を話すにしても桐子に同情を強いるような言い方だけはしたくないという気持も強かった。それ故、彼を悲壮がっていると見た桐子の一言は、真船のかなり独断的な期待をかき消すと同時に、彼が内心怖れていた最も弱い点を衝く結果となったのである。彼は、こんな女に打明けようとしたのが間違いだったのだと思おうとしたが、それも力弱かった。

そうなればもう話す事はなく、その日の出会いは奇妙な結果に終った。これから友達の所へ行くと言う桐子と別れて、真船には、見たくもない受験勉強のための参考書の類が散らばっている自分の部屋以外行く所がなかったが、恐らく火鉢に火もないに違いないと思うと帰る気にもなれず、また近くの喫茶店の扉を押した。

その店は狭く、暗かった。真船は隅の席に坐って熱い紅茶を頼み、それを啜った。暮れ方近くまで桐子と一緒にいる気で出て来ながら、三十分足らずで別れて、独りでこうしている自分がひどく滑稽に思われた。同じく気持が通じぬにしても、今少しましな手だてはなかったものかと思う上に、彼に背を向けて去って行く桐子の肩の上で廻っていた緑の傘のかたちが、色鮮かにかぶさっていた。そして、ふと彼は、これで自分の心を開かせる相手が周囲に誰もいなくなったのに気が附いた。

二十歳にも満たぬ者が自分は孤独だと思う時、その多くには感傷の色が濃い。真船も、そういう感傷にまみれた心でしきりに桐子を思い、そこに偽らない心を明かす対象を見出そうとしたのである。しかし、それも無為に終ったとすれば他に考え得る相手はなく、出口を失った彼の感情は、徒らに彼の裡だけで波打った。その感情は哀しみに似ているという気が一瞬よぎったが、彼は直ぐ、そう考える事を自分に固く禁じた。

時間をかけて紅茶を飲み終り、更に水を二杯飲んで外へ出ると、幸いに日は短く、漸く暮れ際の靄が漂っていた。夜、彼は桐子に手紙を書こうと試みた。桐子も筆はまめな方で、よく彼の許に書いて寄越した。しかしそれは概ね葉書に限られていて、何時も挨拶も前置もなく、用件や、何か閑な折に思い出したらしいような感想が書き流してあった。真船も努めてそれに返事を出したが、彼は先ず前略とか時候の挨拶とかを冒頭に置かなければ、後の文章が書けなかった。要するに、彼は常に桐子に対して自然ではあり得なかったと言える。その夜も最初に、「一番寒い二月も終ったのに、冷え込む日が続きますね」と書いた。そして少し考えて末尾の「ね」を消す事にして初めから書き改め、その後に「先日はつまらない用件で呼び出してすみませんでした」と継いだ。それから先は、前夜、桐子に会って話すべく用意しておいた事の一切を次々に書いて行った。一昼夜前に反芻しつくし、他人にも判るように整えられたと思った彼の感情は、その日一日の経験によって更に熟れたような感じがあり、筆は彼の予想を越えて滑った。二時間後、彼は大判の便箋五枚を細かい文字で埋めていた。それを角封筒の封じ目が逆さにならないように気を配りながら納め、表書を書いてから牀に就いた。直ぐに眠れたのは、矢張り彼が若かったからであろう。

しかし、彼はこの手紙を結局出さなかった。翌る朝起きて、何かふさわしからぬ事を書かなかったかが気に懸り始め、一度閉じた封を切って見る彼の眼に、つい何時間か前に自分の書いた文字が、便箋の面から浮き立って来るようであった。筆の動くに任せたため、乱れた個所も多い文字は、彼の心の動きを実に鮮明に刻んでいた。読みながら彼は、自分は意識の底でこんな事を考えていたのかと何度も思い、それ等が総て、他には誰も自分を理解してくれる人がないのだと思い込んでしまった人間の悲鳴に近いものであるのに愕然とした。

「この頃は授業が終っても真直ぐには帰らず、よく図書館に寄ります。でもそこでは勉強するのでなく、ただ漫然と雑誌や小説本を読むだけです。ついこの間も、友達がお前は大分余裕があるなと言いました。彼はぼくが二部を受験するのだという事を知りません。知らそうとも思いません。知らせれば彼は、そうか大変だなと同情してみせるのが判っているからです。祖父は取立てて何も聞きません。お前には一つの道を選ばせてやったのだと思っているのでしょう。祖父は正当なのだと思います。こうした中で、ぼくは最近少し強くなったような気がします」

少し強くなったような気がしますか、いい気なものだな、何が強いものか、と真船は苦く思った。桐子がこの手紙を一気に読み流すのは判っている。読み流す眼にこうした文句がどう映るか、多分、誰の眼にもあからさまな不安を肩肘張って強情に押し隠そうとする子供らしい虚勢が見え透くだけに過ぎまい。そう気附いた時、彼は殆ど胸苦しかった。若し思いやりの深い女の子なら別の結果が生れるかも知れない、と彼はまた思ったが、その時、死んだ母を思い出したのは何故だか判らない。だが、二歳年下で、人の感情の穂先を摘むのに奇妙な勘を持っているように見える桐子に劬りを求めるのが、ただ彼を滑稽に見せるに過ぎないのは明らかなようであった。彼はその手紙を丸め、一度は屑籠に捨てたが、すぐにこれでは屑を燃す時に佐代に読まれる懼《おそ》れがあると思い返し、机の抽斗の隅に押し込んだ。だから、その醜い紙切れは、それから暫く抽斗を開け閉《た》てする毎に厭でも眼について彼を悩ませた。

しかし、所詮こうした一切は過去の事である。真船は周囲のさまざまなものに突当りながらも、ともかくこの時期を越えて大学の最終学年まで来たのだし、桐子の方も順調に大学に進み、充分に学生生活を楽しんでいたのだから、その間には二人に、過去はさて置いて、何か目新しい変化があってもいい筈であったが、実際に起った変化といえば、二人とも酒の味を覚えたくらいの事であった。結局、真船にとっては、一度心を打明け損ねた経験が、もともと快活ではない彼の性格を、殊更臆病にし、長い間にはそれと馴染むような気持までも作り上げていたのである。

「貴方とは、もう知合ってから随分長いわね。でも、あんまり感激のある事はなかったみたいね。そりゃ、こうして附合っている分には気楽でいいけど」

と桐子は言った事がある。皮肉を籠めて言ったつもりだったが、真船はただ笑っただけで、その笑いの中には意外と満足そうな表情があった。それを見て桐子は、この人は本当に気弱で、おだやかな気持ばかり求めている、長く附合って来たのは、その気弱さがあたしに何時でも甘えられるような気を起させるからかも知れない、これからも同じ事が続くだろう、といささかの味気なさを交えて考えた。

真船の訪問を桐子が余り気もなく迎え、真船がそれに格別な違和を感じなかったのには、ほぼこれだけの背景があった。

桐子は氷を入れた紅茶を縁側に運び、自分はその傍に座蒲団も敷かず横坐りに坐った。真船は先刻桐子が投げ出したノートを手に取って披《ひら》いてみた。講義のノートだろうと漠然と思っていたが中は帳簿で、費目を分け、細ごまと数字が書き入れてあった。

「妙な物を持ってるんだね」

「研究会の会計簿よ。今度展覧会をするの」

研究会と言うのは、大学のデザイン研究会である。年に二度、費用のかからないホールを借りて、展覧会を催した。桐子は自分で作品を出すわけではなく、展覧会の企画や会場の構成を担当し、陳列された作品の中で、商業会社が興味を示しそうなものがあれば進んで売り込んでみようと考えていた。つまり彼女は、デザイン研究会でも、高校の演劇部のマネージャーをしていた当時と大して変らぬ気でいたのである。そして回りの学生たちは、それを煽るような事を絶えず言ったから、彼女は自分には経営の才があるかも知れないと思い始めていた。

「デザインでも、前衛的な事をしようと思えば幾らでも出来るんだけれども、今度の展覧会は、商業デザインを中心にして、実用に結びついたものだけで構成するつもりでいるのよ。だって、実地に使われなくては、あんまり意味ないですものね」

桐子は更に、自分の立てた構成の計画を説明しようとしかけたが、ふと、真船が微笑を浮べて、話に聞き入ろうとするような態度をみせているのに気附くと、急に興ざめて止めた。

「暇があったら、一度見に来て御覧なさいよ」

とだけ言ったのは、腹立たしかったからである。真船がデザインなどに興味を持つ筈がないのは前から判っている。それなのに、何故この人は、寛容に何でも聞こうという顔をするのだろう、そういう時の笑いまで何時も同じで、笑いの面が顔に貼りついたみたいだ、と桐子は今までに何度も思った事を繰返した。

「相変らず好きなんだな、いろいろ計画を立てることが」

と真船は何も気附かぬ風に言った。桐子は高校の頃、友達に「貴方はお祭り屋さんね」と言われた事がある。真船もそう思っているに違いなかった。

「性分だもの。それより、貴方はどうして何もしないの。昔は演劇部で結構やってたじゃないの」

「二部じゃあ、そんな雰囲気はないんだよ。みんな、昼間勤めて、夜講義に出れば、それだけで疲れちゃうもの」

「そうかなあ。そりゃ、あたしは夜学の人の生活は知らないんだから、こうだと言われれば反駁出来ないわよ。でも、やっぱり、そうなのかなあ」

意識して言葉を歌うように桐子は言った。そして真船の頰から笑いが退いて行くのを眺めた。

「そうなのかって、何がさ。何が言いたいのさ」

「疲れちゃうからと言うだけで、何もしないで済ませられるものなのかしらね。誰だって、昼間のお勤めに満足してる人はいないんでしょう。何かもっとやり甲斐のある事がしたいと思ってるわけでしょう。それが、ただ講義を聴くだけで過して、それで済んでしまうものなの」

「だって実際はそうなんだ」

真船は、二年生の夏休みに入る直前、彼等のクラス会が開かれた時の光景を思い出した。ビールが出て、特に議題があるでもない雑然とした会だったが、その席上、小野塚聡が立って皆に呼びかけた。彼の提案は、二部の学生は時間の制約から話をする機会がどうしても尠い、だから、互に理解を深めるためにも、我々で雑誌を出したらどうかというのであった。「同人雑誌なんて、気張ったものじゃないんです。誰でも、何でも、気軽に書けばいいと思う」と彼は言い、賛成の声が多かった。結局、夏休み中に何かを書いて来る事になり、その原稿は概ね順調に集ったから、十月には謄写版刷りで百頁に近い雑誌が出た。こうして小野塚の意図は成功したように見えたが、それから半年近く経っても、誰も二冊目を出そうという者はいなかった。煩しさに懲りて、同じ事を繰返して行く根気が誰にも持てなかったのである。寒河洪太だけが、一時、少人数のグループ活動として続けないかと言っていたが、はかばかしく賛成する者はなく、雑誌は曖昧なままで消えた。誰もがこういう企ては自分たちには無理だと考えたに違いないその時の空気を、真船は忘れてはいない。

「誰だって満足はしちゃいないさ。でも、皆苦労してるからね、それだけで大変なんだ」

「苦労と言えば、貴方も人には負けない程なさってるわけね」

桐子は皮肉に言った。真船がこういう所で苦労などと安直な言葉を持出すのは許せないような気がした。

「悪いけど、あたし、苦労を振廻す人きらいよ」

「振廻すつもりなんかないよ」

「でも振廻してるじゃないの。言訳みたいに使ったりしてさ」

「事実を言ってるだけだよ。二部の学生は恵まれてないのが多いんだ」

「二部の学生の状態を報告してもらおうなんて思わないわ。それより貴方自身は一体どうなの。それを仰有《おつしや》いよ」

こう言われて、真船はたじろぎ、早口に畳みかけて来る桐子の口許を見詰めた。桐子も彼を見ていて、瞬かない眼に挑む色があった。それに気押されて真船は彼の方から先に視線を外しながら、この眼に向って何を言っても理解されはしないだろうと考えた。

「君の生活とぼくの生活と随分違ってると思うよ。その違いをいくら説明しても、まあ無駄だろうな」

「そう。そんなら仕方がないわね」

桐子が唇だけで笑って、それから、二人とも気まずく黙った。そうしてみると、縁の半ばまで差し込んだ午後の陽が徒らに熱かった。やがて真船は煙草を取出して火をつけたが、灰皿がなかった。

「いいわよ。庭へ棄てなさいよ」

と桐子が言った。真船は燐寸の燃殻を庭へ投げ、僅かの煙が流れるのを眼で追った。庭は大分手入れを怠っているらしく、回りを焼いた木で囲った花壇の縁にも、踏石の辺りにも、細かい雑草が生えていた。花壇に花はなく、まだ寒いうちに咲いたらしい水仙の葉だけが残っていた。何時か真船が訪ねた折、桐子は花壇の中に屈んで草をむしっていた事がある。その時は真船も一緒にそれを手伝いながら話した。何を話したかは忘れたが、屈んでいる桐子の裾が引摺って乾いた土に汚れたのを見て、気附かれないように手をやり、軽く払い落した記憶がある。長い時間ではなかったがあの時は和やかだった、俺はああいう和やかな桐子が好きだ、と彼は思った。日頃は気持を外へ向けている事の多いような桐子に、思いがけず柔かい感情の動きを見出した事が、その時の彼を歓ばせた。祖父が、早く両親を失くした彼を深く哀れと思っているのは確実であったが、繰返す毎日の生活は、祖父と孫との感情が些細な事について親密に交らぬのを思い知らされる事も多く、彼は何時の間にか、祖父の気色を窺いつつ語尾を呑み込むような話し方を身につけ始めていた。そういう真船が、自らも知らぬ裡に桐子に求めていたのは、夏の暑い日、日蔭の風に疲労した体がふと癒されると感じると同じような感覚であったかも知れない。現実の桐子はそういうものを期待し得る性格からは遠く、彼は祖父に対するのとまた別の形で桐子の気を窺わねばならぬようになっていたが、それでも、事のある毎に桐子の方へ傾いて行く自分の心に歯止めを掛ける事は彼には出来なかった。だからこの時も、直ぐ傍に黙って不機嫌に坐っている桐子の横顔に眼をやり、その耳から顎にかけての辺りを美しいと思い、本来なら憎んでいい筈の時にそうした感覚に囚われる自分と無益に闘っていた。

桐子もまた庭を見ていた。大学で、彼女に男友達の数は多い。時に思わぬ角度から男の学生の視線が自分の体に当てられているのを知って驚く事がある。学生会館の二階にある研究会の部屋に行けば、其処では彼女が傍にいるのを意識して喋られる声音をいくらでも聞く事が出来る。桐子は次第に人に注目されるのに慣れ、人が自分に向っては殊更感情を誇張して表して来るのに慣れて行った。そうした場所から見ると、真船の性格は変っていた。彼は総てについて感慨めいた言葉を洩らすのを努めて避け、笑って相手の話を聞こうとする態度の中に、自身を巧妙に包み込んでいるように見えた。識り合った初めには、それは歳に似合わない老成だと感じられ、気の置けない友達になれると思えたが、短くない時間が過ぎた今では、何か素直でないものが強く感じられるようになった。あの人は、決して仕合せではないらしい自分の境遇をあたしに恥じているのだろうかと、桐子はよく思う事がある。他愛もないきっかけから真船を問い詰めるような結果になったのも、不断思っている事が、そういう形で現れたのに過ぎない。真船の視線が時々横顔に向けられて来るのを感じながら、この人はまたつまらない努力をしている、あたしの言った事が癇《かん》に触ったなら、遠慮なく逆上して呶鳴《どな》ればいいのに、その方がずっと潔いわ、と彼女は思った。

こうして互に喰い違った事を思いながらの沈黙は長く、破れそうな気配はなかった。その、空気が濃くなったような感じに負けたのは真船の方である。三本目の煙草を火も消さずに投げて彼は立上った。

「帰るよ」

桐子は坐ったまま彼を見上げた。

「そう、さよなら」

真船は靴の踵《かかと》を踏みつぶすようにして穿き、門の所で振返りもせずに表へ出て行った。桐子は暫く彼のいなくなった後を眺めていたが、やがて立ってコップを洗いに勝手元へ行った。そこで真船の飲み残したものを流しへあけたあと、何度か同じコップに水を満たしては、また棄てる事を繰返した。天窓を通して流れ込んで来る明るい光に、水がきらめくのを眺めながら、彼女は悔い始めていた。真船は怒って帰って行ったが、その怒りは忽ち消え、消えたあとの彼には、暗い淋しさだけが遺るのが判るような気がした。あの人の若さの無いのはたまらない、誰だって今日みたいな事になったら苛立って腹を立てるだろう、でも、あの人はあれであの人なりに、人の気持を汲もうと努めているのだから、それで自分でも疲れ、苦しんでいるのだろうから、あたしの方でももう少し気遣いをしてあげればよかった。桐子は、前に男友達との関係で傷ついた時、真船にだけはそれを打明け、不断なら苛立たしい筈の微笑を浮べている彼の前で、安堵して涙を流したのを思い起した。彼女はふと溜息をついて冷たい水を飲み、今夜、真船にあてて手紙を書こうと考えた。内容は何でもいい、手紙が着きさえすれば彼の気持がほぐれるに違いないのを彼女は知っていた。

しかし、真船がその夜遅く、再び門の所まで来た事を桐子は知らない。彼は酔っていた。講義の終ったあと、町へ出て数人と飲んだのだが、昼間の事は重く蟠って、酒を流し込む度に重さは増すようであった。友人の話の輪から離れて、彼は自分の胸が動悸を搏っているのを口惜しく聞いた。そしてこの儘家へ帰っても平静ではいられまいと思った時、不意に桐子の家へ行ってみる気になった。月はなかったが、門の傍の電柱には街燈が点って、ごくその附近だけを照らした。庭は暗く、闇を透かして見ると、昼間陽が一杯に当っていた縁側は雨戸を閉て切り、その木の色が白かった。何処からか燈が洩れていないかと彼は家の回りを廻ったが、燈は見えず、寝鎮まった気配だけがあり、砂礫を踏んで歩く彼の跫音が徒《いたず》らに高かった。随分くだらない事をしているな、桐子は昼間の事なんか忘れ果てて眠っているだろう、と酔った頭で彼は考えた。寝間の桐子がどういう姿をしているかは判らない。ただ、骨が細く華奢な桐子の寝床は、蒲団も大きくは盛り上らず、その蔭から小さな寝息が聞えるように思われた。桐子の体を彼は知らない。腰を取り合って歩いた事はあり、口を合せた事もあったが、それは二人で酒を飲んだ時に限られていた。初めて桐子の口を味わった時、彼女は甘い酒を飲んだ後で、口の中に淡く甘味が遺っていた。電車の吊革に並んでつかまりながら、桐子の手の甲に薄青く静脈がすけて見えるのに惹かれて、その冷たげな手に歯を立てたいと思ったのも憶えているが、彼は、そうした感情の動きを抑えようと努めていた。その感情を露わにする事で、桐子との間に変化が起るのを怖れていたのかも知れなかった。

真船は暫く電柱の下に佇み、凝としていて、やがて「桐子が好きだ」と声に出して呟き、その声が自然に出て来たのに何故か満足した。そして彼はこの時、自分が、人を愛するのに慣れない人間が昔から何度となく繰返して来た行動をそのままなぞっているに過ぎないのに、まだ気附いてはいなかった。

寒河洪太が真船と加瀬とを下宿に誘った。

「よかったら今夜来てくれないか。二級だけど清酒があるよ」

しかし、彼の目的は酒ではなかった。二箇月程前、彼は大学に数多くある同人雑誌の一つに加わり、其処に発表するために小説を一つ書き上げていた。小説を書くのは高校の時からの希望であり、自分の書いた物への自恃《じじ》は強く持っていたが、それが他にどう受取られるかは、想像がつかなかった。真船と加瀬を招んだのは、彼等に草稿を読んで聞かせて、その感想を聞くためであった。

寒河の下宿のあるのは古い町である。其処は、古い大きな共同墓地を中心に軒を接して家が建てられていた。震災にも焼けず、戦災にも遭わなかった家の羽目は黒く、皆一様に採光が悪くて暗かった。寒河のいる下宿は墓地を囲む欅の並木の蔭に蹲るようにあった。東に面した縁側に向って障子を立てた部屋を並べたその二階家は、大正期に学生向きの下宿屋として建てられたのだが、今は無論賄《まかな》いはやらず、住む人間も雑多であった。

廊下の電燈は暗く、寒河は、

「足許に気をつけろよ」

と後から来る二人に言った。狭い階段の昇り口にある共同の洗い場で、何処かの女が水を汲んで、頸筋から肩の辺りを頻りに拭いていた。五月も半ばに近く、時に蒸暑い日があった。

寒河の部屋には、彼が自炊に使う石油焜炉の油の匂いが籠っていた。彼は窓を開け、焜炉に火を点けて酒の燗をした。酒は茶碗で飲むのである。

「実は、今日の酒は只で飲ませるんじゃないんだ」

と寒河は冗談めかして言い始めた。彼は今まで誰にも小説の事を隠していたから、今更打明けるのに照れていた。

「この間うちかかって、小説を書いたんだ。それを雑誌に出そうと思ったものだからね」

「そうか。知らない内にやってたんだな」

と加瀬は言ったが、彼も真船も、寒河が小説を書いたのをさほど意外には思わなかった。寒河は、普通に話していても、自分には密かに恃《たの》むものがあるのだという気を言葉の端々にのぞかせる事が多かったからである。それは気負いと言ってよく、屢々相手を辟易させたが、その源がこれだったのだと二人は納得した。

寒河は到る所に消しては書き込んだ跡のある草稿を読み始めた。彼の生れた土地らしい東北の小さな町の冬が去ろうとする季節からそれは書き出されていた。町は四方を山に囲まれて、その盆地の一方の外れにある家に住む高校生は彼らしかった。彼は何時も独りでいて、自分の周囲を眺め廻している。その彼の意識に最も色濃くあるのは母の像である。家は、道に面した入口から奥の水屋まで細長い土間を通し、裏口に近く石を積んだ竈《かまど》を据えたが、母は毎朝その前に屈み込み、長い時間をかけて飯を炊き汁を煮た。それが終ると残り火を丁寧に拾っては火消壺に納めるのが母の日課であった。竈の回りは何時も薄暗く、その中に色の白い小肥りの母の顔が時に火に映えた。そういう母が呟くような低声で物を言い、毎日が際立った変化もなく過ぎて行くさまを、彼は克明に書いていた。背景となる寒い土地の情景と合せるように重い筆つきで書いていた。

終り近くなって、寒河らしい高校生は、同級の娘から愛される。彼はそれに戸惑うが、娘に愛されて初めて、今の自分の日常とは全く異った世界があるらしい事を予知する所で、小説はかなり唐突に終っていた。

寒河が読み終った後、三人とも暫く黙って酒を飲んだ。言いたい事は多いようで、言葉は見出せなかった。並んでいる部屋からも音はなく、夜は更けていた。

「何だか重苦しい感じの小説だなあ」

やがて漸く真船が言った。

「そうかな。重苦しいかな。自分じゃそう深刻になったつもりはないんだがな」

「尤も俺は肉親の間の情愛っていう奴と離れちゃって久しいから、殊更そんな気がするのかも知れないけどね」

確かに、寒河が関心を持ち、そして小説として表したような世界は、親を失って以来の真船の日常に、全く欠け落ちていたものであった。彼は両親の死んだ姿さえ知らない。

「でも、真船だって、中学へ入るまでは両親と一緒に暮したんだろう」

「そうだよ。しかし俺にとっては、生きていた両親よりも、親が死んだ日の印象が強いな」

「それじゃあ、親に対する気持は大分違う筈だね。俺の場合、これは高校生の事として書いたけど、今だって田舎へ帰ればこういう世界はそのまま残っているんだから、君の言う重苦しい感情関係の中に首まで漬かっている事になるな。でも、俺は今でも、それを重苦しいとばかりは言い切れないよ。何だか、俺の感じ方なり、考え方なりは、結局そういう中で育てられて来たものだという気がするんだ。まあ、それだから、こんな小説を書いてみたわけでもあるけれども」

「寒河は一人っ子だったっけ」

と加瀬が聞いた。

「いや、妹がいる。でも、これは歳が離れ過ぎてるからな」

「まあ、一人っ子みたいなものだな。だからこういう母親との関係を見詰めたものが書けるんだな。俺みたいに、狭い家に五人も兄弟がいるとなると、家の中は年中雑然としていて、親子なんてどう繋がってるんだか判らなくなるよ。変な言い方だけど、俺は寒河の書いたような生活が、羨しいような気もするよ」

加瀬は苦笑して冷えた酒を口に含んだ。絶えず誰かが出入りして、二階への階段が始終軋み続けているような家のさまを彼は思い浮べていた。

「何のかの言ったって、結局は自分だけの経験を抱いて行くよりほかないだろうさ」

真船が話を断ち切るように言い、三人は黙った。寒河がまた焜炉に薬罐をかけ、火をつけると、石油の匂いがまた拡がった。新しい燗は直ぐについたが、誰も酒の味には飽きて来ていた。話の口の切りようのない沈黙の中で、三人はそれぞれに自分に繋がる過去を思い返した。

「しかし、寒河はまだ本音を吐き切ってはいないな」

そう言って加瀬は酒を呷《あお》った。彼の眼の縁は既にうるんで紅かった。

「どういうことだ」

「女のことさ。最後に女が出て来て、それによって違う世界に導き出されるような話になってるけど、これは甚だ御都合主義だな。そりゃそういう事が有り得ないとは言えないだろうが、お前の文章の限りではとても納得出来ないよ。此処の所は本当の経験を避けて通ってるとしか思えないな。さもなければ、根も葉もない拵え事を書いたかどっちかだ」

「拵え事で悪くはないだろう」

寒河は、ややひるんではぐらかそうとしたが、加瀬はきかなかった。

「忽ち判っちまう拵え事がいいわけはないさ。それより本音を吐けよ。あそこは、それだけでもう一つ小説が書けるような経験があるんじゃないのか」

「ふん」

暫く躇ってから、寒河は考えを纏めるように言い始めた。そういう時の彼には、重い東北風の語調が目立った。

「経験はあるんだ。ただし、今度書いたのとは全然別物のね。俺はそれを小説にしようとは思わないな。出来もしないだろう。この小説に書いたのは、言ってみれば俺の希望だな。それが現実離れして浮き上っていると言われればそれまでだが」

「希望か。あれが希望となり得るものかねえ」

「なり得るかどうかより、其処に希望を見たいと思ったんだ」

そう受け答えをしながら、寒河は自分の言う事が次第に弁解に似て来るのがもどかしかった。彼が女について持っている経験とは、他愛のないものである。相手は同じ町の歳上の女高生で、彼は三度手紙を書いたが返事は来なかった。そして、思い切って訪ねて行くと母親に追い返されるという実に型通りの結果に終った。当時、読み漁っていた文学書の中に、自分と同じだと思われる感情を発見しては自ら慰めていた事を、彼は苦く憶えている。その頃の自分を彼は恥じていたが、女と接して何か新しい事態が開けるかも知れないという感傷的な夢想だけは、まだ棄て切れていなかったのである。

「希望を見たいという念願なら尚更のことさ」

と加瀬は珍しく執拗に言った。

「君はその事を主題にして小説を書く必要があるよ。ぽんとこれだけ投げ出して、これが希望ですと言われただけじゃ、どうしようもない」

「確かに、そういう希望の実現性なんて、極く極く薄いものだからな」

と今度は真船が言い始めた。

「世界の違う奴と接したところで、別に自分の世界まで新しく開けるとは限らない。むしろ世界の違いのために苦しむ事の方が多いんじゃないのか。寒河の考えは甘いと思うな」

「甘いかな。でも、甘いってどういう事なんだ。現実に突当らないで、甘いのって批評的に言ってみても仕方がないだろう」

寒河は少しむきになって、自分の言い分に拘泥した。それを見て真船は言葉を柔らげた。

「俺だってこういう問題について、不断全く考えないわけじゃないんだよ。実際に経験した事だってあるんだしね」

真船は桐子を頭に置いていた。桐子からは、諍いをして別れた翌々日に手紙が来た。それは彼女には珍しく封書だったが、内容は多くはなく、「つまらないきっかけで変な事になってしまって御免なさい。あたしは貴方に甘えていたかも知れません。貴方が何時もあたしを寛容な眼で見ていてくれるものだから」などと書いてあった。真船は手紙が来た事で先ず安堵し、中を披いて見て、何処まで本気で言っているのか判らない、欺されないぞ、と思ったが怒りは湧かなかった。そして返事は出すまいと決めて、それだけを漸く実行した。

「真船のその経験というのは一体何だい」

加瀬が面白そうに笑いながら聞いた。

「まあ、いいだろう。別にどうこう言う程の事じゃない」

この友達に経緯を告げる気は彼には全くなかった。寒河が高校時代の思い出を恥じたのと同じく、彼にも自分を恥じる気持があったのである。

「君もその経験なるものを小説に書いたらどうだ」

「そんな面倒な事は御免だな」

と真船は言い返した。

「ただこれだけは言えるな。小説の類を読んでも、人の話を聞いても、皆、女の問題を大袈裟に扱い過ぎるってことさ。本当はそう大した事でもないのを、何か錯覚起してるんじゃないかって気がするよ」

「さあ、そんな風に決めちゃっても、また現実と喰い違って来るだろう」

それから暫く、主に真船と加瀬の間で、同じような話題が続いたが、その議論は冴えなかった。時に観念的な飛躍が多く、また時には、つまらぬ理窟のこじつけ合いになった。そしてそうなる理由は彼等自身にもほぼ判っていた。彼等のうちの誰もが、女の体を知らなかったからである。相互にそれを察し合いながら、話がそれに触れて行くのを注意深く避けていた。虚勢を示しつつ、結局はそれに触れるのを怖れていたのかも知れない。やがて口数の尠かった寒河が、

「まあいいや。女では、どっちみちこれから先、悩まされるに違いないから」

と話を打切った。三人は同時に笑い、その笑いの中に、互に救われた気持を嗅ぎ取った。

気が附くと、十一時を廻っていた。真船は「帰ろうか」と声をかけたが、寒河は引留めた。終電車は午前一時過ぎまである筈で、二人は薦めに従ったが、流石に疲れて畳に寝そべった。

「まあ、これ、雑誌に出すからね。その時もう一度よく読んでくれよ」

寒河は草稿を畳んで、机の抽斗に丁寧に蔵《しま》った。その手附きを見て真船は、寒河がこの仕事

をひどく大事にしているると感じた。

「俺たちもあんまりぼやぼやしていちゃいけないかな」

と加瀬は言った。あとの二人は思わず笑ったが、彼は笑わずに続けた。

「実は俺、時々怖くなることがあるんだ。俺たちは昼間勤めて夜は学校へ行って、まあ、二人分の事をやってるわけだよな。君たちだって、そんな風に思ってるだろう。だが若しかすると、そんなのは凡そくだらない自己満足で、忙しい、忙しいと思って暮しているうちに、だんだん人間が小さくなって、生気を喪って行ってるんじゃないかという気がして仕様がないんだ。まだ、自分がそんな魅力のない人間になっちまったとは思わないけど、回りを見ると、そういうのが多いものな。この間のメーデー事件の時なんか酷かった」

メーデーのデモが皇居前広場に入ろうとして警官隊と衝突し、多くの死傷者、多くの検挙者を出したのは、つい数日前の事であった。事件の翌日、夕方の学生食堂で偶然数人が顔を合せた時、それが話題になったのは当然であったろう。加瀬は政治に格別の関心があったわけではなく、無論現場にいたのでもなかったが、皇居前へと流れて行ったデモの列にいた人の心の鬱《うっ》勃《ぼっ》は判るような気がした。催涙瓦斯に巻かれ、ピストルで撃たれた者の痛みも判るつもりであった。

「デモは一部の者に煽動されてああなったなんて見方があるけど、絶対そうじゃないな。それぞれ個人の中につもっていた苦しみが、ああいう形になったのだと思うな」

と彼が言ったのは、単に素直な感想を口にしたに過ぎなかった。それに対し、

「どうだかな。そうだったら立派だがな」

と笑ったのは、稲本という学生である。

「そう思わないのか」

「思うも思わないも、俺は関係ないさ。学生が大勢いたそうだけど、そいつ等、本当に閑なんだな。まあ、昼間の連中は年中遊んでばかりいるんだから、偶にはそんな真似もいいだろうが」

「そんな風な見方は違うよ。俺だって、こんな事で直ぐ社会が変るだろうなんて思わないが、若し変るのだとしたら、ああいう事を通じて変って行くんだろう」

「本気かい」

稲本は更に皮肉に言った。

「俺はそんな埒《らち》くちもない夢よりも、当分は変りそうもないこの社会に、自分の席を見附け出す事の方を重要に考えるな。第一、なあ加瀬、若しお前があのデモに加わりたいと言ったら、お前の勤め先では欠勤を認めたのか。若しお前が警官の撃った流れ弾にでも当って怪我したとしたら、それを理由にくびにならないという保証はあったのか」

加瀬は黙った。慥かに組織にも属さない法律事務所の雇員という身分では、デモのような活動への参加は認められそうになかった。稲本が続けた。

「行きたくても行けない状態だったんだろう。そしてその状態はそう簡単に変る見込みはないよな。だとしたら、先ず自分の頭の蠅を追うのに専念するんだな。思想だなんて贅沢なもの、昼間の閑な奴等に任せておけばいいさ。思想で生活出来るんなら別だがね」

結局、加瀬は言い負かされた形になった。周囲の連中は皆退屈そうな顔をしていて、稲本が加瀬を極め附けるのを待っていたように、別の話題へと移って行った。

稲本の考えの中に、それなりの、現実に基づいた強さがあるのを、加瀬は認めないわけには行かない。自分自身も、時に稲本と同じような方へ傾斜しがちなのも知っている。しかし、それでは余りに侘し過ぎる、俺が今直ぐ行動に出られないのは事実だが、常に心の裡で考え続けているだけでも、価値のある事ではないのか、と彼は思った。そしてその時居合せなかった寒河や真船に、一度話してみたいという気を温めていた。

「そうだな。実は先刻、寒河の小説を聞いてる時にも一寸考えたんだが」

と真船が言った。

「俺たちが先ず否応なしに突当るのは、あの小説にもあったような、自分の身に近しい問題だね。これは昼間の、稲本の言う閑のある連中だって同じだろう。ところが俺たちは時間的にも気分的にも余裕がないものだから、それ以上の拡がりを持った問題まで考えが進まない。早く社会へ出て苦労すれば、それだけ社会をよく知り得るなんてのは実は嘘っぱちで、ただ既存の社会の仕組の中に自己解消しちまうだけなんだな」

「そうかも知れない」

「だから、俺も先刻加瀬が言ったような、このままでは駄目な人間になっちゃうんじゃないかという怖れは感じる事があるよ。それはかなり強いな。でも、そうかと言って今直ぐに社会的な運動の方に行ってみたところで、今度はその中に自己解消しちまうだけの話さ。よく集会など開いては、口先だけ激越な事言っている連中見てみろよ。あいつら、皆それなんだよ。だから、俺たちは仮令ちっぽけな身の回りの事でも、自分で時間をかけて考えて行くより他ないんじゃないか。寒河が先刻言ってた希望にしても、そういう道を通ってしか生れて来ないと思うな」

真船はこれだけを一気に喋りながら、頭にまた、桐子の影が浮んで来るのを防げなかった。ちっぽけな身の回りの事か、綺麗事にして言っているが、俺はただ桐子が忘れられないだけに過ぎないのかも知れない、それにしても、桐子に俺が学生運動をやるんだと言ったらどんな顔をするかな、案外興味を示すかも知れないな、などと彼は切れ切れに考えた。桐子に苦労を売り物にしていると言われたのが、矢張り彼にはこたえていた。

「真船の言ったのが正しいかどうかよく判らないが」

寒河は眩しいような眼をしながら言った。彼は真船が何か判らぬ理由で気負っているのを感じた。

「少し物事を頑に決め過ぎるという気もするよ。そう自分を縛り上げる事もないようだな」

「成行き任せかい」

「悪い言い方するなよ。君や加瀬の言った不安は俺にだって共通するけど、俺たちは若いんだから、時間はたっぷりあるんだという事は覚えている方がよさそうだな」

「俺たちは若い、か」

真船は思わず鸚鵡《おうむ》返しに言った。彼は何か不意を衝かれたような気がした。彼はまだ確かに若かったが、自分でそう思う感覚からは遠かったのである。

「一体、俺たちはいくつになったたっけ」

加瀬は、微かに笑いを浮べて、二人の顔を見渡した。彼もまた、若さという言葉に照れていた。

「二十二、だろう」

「寒河は一つ上か」

「そうだな」

「確かに若いな」

と真船は言った。それなら桐子は二十か十九の筈であった。

「疾風怒濤時代というわけだ」

寒河がそう言ったのは、小説を書いている間、その言葉が頭にあったからである。そして自分の生活はその言葉の持つ響きとは遠く距ってあるようであった。

「その言葉も死語になったたな」

と加瀬が言い、

「そうだ、言葉より先に実体がなくなってしまったろう」

と真船は同じた。そして三人は笑ったが、その笑いは虚ろに、夜が更け切って薄ら寒くさえなった古い部屋の中を流れた。酒はまだ幾らか余っていたが、誰も口をつける気になれず、生酔に体はだるかった。翌日も早くからそれぞれの勤めがあったが、それは今日と変ろう筈もなかった。三人は黙ったまま、銘々に、自分はまだ若いのだという意識を嚙みしめた。大学の生活は後十箇月経てば確実に終るが、その先に続いている時間は長く、傍《はた》からは、春秋に富んでいると見えるであろう行く手が彼等には重かった。

深夜に誰か帰って来たのか、車が止り、何か言い交す声がし、石を踏む跫音が聞えた。

「さあ帰ろうか」

それに促されたように加瀬が言った。十二時半になっていた。

寒河の下宿を出て駅へ行く道は、墓地の中を抜ける道である。欠けた月が出ていたが、空は雨をもよおしているのか、雲が頻りに早く走って、広い墓地の所どころに聳える木の梢も揺れ、ざわめいていた。大小の墓石は一定の秩序に従って並び、薄い灰色に鎮まっていて、その前に時折白く際立つのは、手向けられている花の影らしかった。二人はその中央を貫く石畳の道を、跫音を聞きながら歩いた。

「寒河は一所懸命なんだなあ」

加瀬はそう言って真船を顧みた。

「あいつは、ともかく一つの目標を見附けてる。それは羨しいな」

「しかし、倖せな行き方かどうか判らないな」

と、少し考えてから真船が応じた。

「あんなに自分の経験をほじくり返すような事を書かなくてはいられないなんて、不幸なのじゃないかなあ。現在の生活で何とか安定しようと思ってる人間の方がきっと仕合せなんだ。あの小野塚みたいにね」

「小野塚か」

二人は同時に小野塚の老成した笑顔を思い浮べた。彼が、物を書く必要を感じないであろうのはほぼ確実であった。ついで真船は、桐子も多分、物を書くような心とは無縁なのに違いないと考えた。しかし、自分自身は何処に腰を据える場所を見出したらいいのか、それは判らなかった。

駅が近くなり、その前に遅くまで店を出している屋台の赤い提燈が見えて来た。酔は全くさめていて、二人は其処で飲み直したいとも思ったが、終電車までもう時間がなかった。

桐子は、デザイン研究会主催の展覧会の案内状を真船宛に出した。喧嘩別れをした直後に桐子が出した手紙には遂に返事が来なかったが、それでも真船が会場に来るのは多分間違いないと思っていた。初めは、印刷された案内状の片隅に「何時でも会場にいますから是非おいで下さい。お待ちしています」と書き添えたが、そこまで気を遣う事はないような気がして、それは取止めた。そのため、彼女は一枚葉書を無駄にした。

会場は、映画会社が宣伝を兼ねて一般に安く開放している小さな催物場を借りたのである。桐子の案によって、今度の会は商業デザインばかりを集めた。観光宣伝用のポスターの類から、ボール紙を使った動く店頭広告、奇抜な形をしたジュース類を詰めるパッケージなどが、主に派手な原色を使って並べられ、また大がかりな店の装飾の計画図もあった。会場は都心にあったから、正午過ぎには、昼食に外出した帰りに立寄ってみる人たちでかなり賑わった。時には話をしかける人もあり、その度に桐子は熱心に相手になった。

真船が行った時にも、桐子は若い男に向って喋っていた。その間に真船は陳列物を一通り見て廻ったが、妙に押しつけがましく末梢神経を刺戟して来るようなそれ等の物に、結局は親しめなかった。

「どう。なかなかいい思附きのもあるでしょう」

やがて近寄って来た桐子は、不断よりもやや高調子に言った。

「原色が多いね。眼が疲れるよ」

「だって渋い色じゃ目立たないもの」

そう言う桐子が、腕を通さずに肩に羽織っているカーディガンもまた赤かった。真船が、手が空いているならお茶でも飲もうと誘おうとした時、受附の所にいた男の学生が声をかけた。

「滝浪君、昼飯はどうする。もう二時過ぎてるよ」

「そうね。留守番に二人ばかり残ってもらって、食べに行こうか。何時もの所がいいね」

桐子は真船にも一緒に行こうと言い、彼が済ませたと知ると、

「そんならお茶位奢るわよ。今日はお客様だから」

と言った。他にもう一人行く事になり、桐子は彼等を紹介した。

会場の裏手の小路に面した洋食屋に桐子たちは来慣れていて、取るものもほぼ決っていた。

真船は紅茶を頼んで、桐子の連れの二人を見たが、二人とも彼より若いらしかった。一人が桐子に話しかけた。

「あのカフェテリアの店内設計ね、やっぱり少し金はかかっても実物を拵えるべきだったなあ。会場の入口を店の入口みたいにしつらえれば、面白い構成が出来たと思うんだ」

「駄目、駄目。予算超過すごいよ。自費でやってくれるのなら別だけど、あたしたちの中に、誰もそんなお金持、いやしないよね」

桐子は食べる手を休めないで喋った。真船は彼女が男のような口調で話すのを初めて耳にした。

「君が何時も言ってるように、商業デザインの方面に力を入れて行くんだったら」

と、もう一人の学生が言った。

「スポンサーを見つける努力が必要だね。実地にやってみなければ判らない事も多い筈だもの」

「そうね。あたし、展覧会が終ったら提案しようと思ってるんだ。何ていうのかな、渉外係といったものを作るようにね」

それから、話は真船と全く関係なく進んで行った。あの会社は卒業生が多いから話を持ちかければ乗って来るだろうとか、誰はコネを多く持っているから利用すべきだといった事であった。会話の受け渡しは早く、話題は次々に拡がって、時に辺りを憚らぬ笑い声が挙った。

真船は飲んでしまった紅茶の茶碗を弄びつつ、知らぬ間に、自分も笑ってそれを見ていた。無視されていながら、彼の裡にあったのは不快ではなかった。実務的なようでありながら、その実はなはだ虫の好い話に熱中している彼等が、何か珍奇なもののように見えたのである。

彼は、寒河の部屋の年代を経て黒い天井板や、焜炉の石油の匂いを思い出した。彼等もまた話すのは好きであり、顔を合せれば議論をする他にする事はないと言ってもよかったが、決して桐子たちのような雰囲気は生れはしなかった。誰かが不注意に仲間の触れられたくない場所に触れて、一様に皆が黙り込むことがある。そうした、時間にすればさして長くはない筈の沈黙の苛立たしさは、これまで何度も繰返して味わわされ、時には友人と顔を合せるのを避けたい気さえ萌《きざ》した経験は誰もが持っている。それに較べてこの連中はなんて屈託がないんだろう、と真船は感じた。彼等の背後にある生活がどういうものかは判らないが、それを措いて楽しむ術を彼等は知っているようであった。若しかすると、これが若さというものの一つの現れなのかも知れなかった。

「ね、ずぶの素人が見たって、お金がかかってるかどうか位、直ぐ判るよね」

不意に桐子に言われて彼は戸惑った。

「さあ、どうかな」

「やだな。聞いてなかったのね」

桐子が笑い、あとの二人が声を合せた。その声の中に、軽い親しみ易さを敏感に感じた自分を真船は忘れない。

桐子が不断親しみ、楽しんでいるのはこういう空気なのかと、彼は初めて知ったように思った。これまで彼は、何度も桐子の感情の動きが摑めず、その挙句、あれは結局くだらぬ女だと思い込もうとして果さなかった事があったが、それは、この空気に触れなかったからに違いないという気がした。どうも寒河たちなんかとばかり附合っていると、妙に深刻になっていけない、俺もこれから少し軽くなろう、そうすれば桐子との関係も変化があるだろう、と彼は極めて簡単に考え、二部の学生としての毎日が始って以来、寒河たちとの交友から意識せぬうちに多くのものを受け、それが既に抜き難く彼の生活に大きな部分を占めている事実を都合よく忘れ果てていた。

「おい、もう行かないと、留守番の連中に怒られるよ」

三人は慌しく腰を上げて銘々に勘定を支払った。真船も自分の分を払おうとすると、桐子は手で遮った。

「いいから、今日は引込んでいらっしゃい」

店を出る時、真船は、

「今日は時間余っちゃってるから、何か手伝ってもいいよ」

と言ってみた。場違いとは知りながら、彼等の中に入って行きたかった。

「ああ、今日はお勤めが午前中の日なのね。手伝うなんて大袈裟な事は何もないけど、受附にでもいてくれる。でも、紅茶一杯で使っちゃ悪いかな」

受附では、会の内容のあらましを紹介した印刷物を渡し、案内状を持参した人は、その名前を控えた。しかし、ほんの素見《ひやかし》の人が多くて、其処は閑であった。手伝うのは口実で、真船は閑な合間に桐子の仲間と話をしたいと思ったが、五人程いた彼等は、受附を真船に任せてしまうと、彼等同士固まって、真船の方に近寄らなかった。

そのうちに、電気で人形の手足を動かしていた店頭広告の模型が故障して動かなくなった。皆が集ってあれこれ試みたが容易に直らないらしく、

「ぶきっちょだなあ。頼りにならないなあ」

と桐子が声高に言うのが聞えた。真船は其方へ行くわけにも行かず、時々眼をやって、桐子の羽織っている赤いものが、左右に揺れているのを眺めるに止まった。

結局、会場が閉じる五時までの二時間近い間、彼はその退屈な場所に坐ったままに終った。

ぶきっちょなのは俺だな、と彼は隠れて苦笑したが、そう思う割に深い後悔はなかった。

彼はその足で大学へ行くつもりで、真直ぐ家へ帰るという桐子と、電車の停留所までを並ん

で歩いた。

「疲れたでしょ。御免ね」

真船を横から見上げるような仕種で桐子は言ったが、その言葉の中に、先刻会場の仲間たちと話していたと同じ調子が響いていたのが彼を歓ばせた。

会社の退け時の街は混んでいた。日は長くなって、午後五時過ぎの西陽は建物の影を長ながと曳き、二人のいる歩道は蔭になったが、見上げる高い建物の先端の硝子は、陽にきらめいて殆ど赤かった。交叉点で一度止められ、また歩き出す時、真船はふと桐子の腰をとりたいと思ったが、五月の街の明るさがそれを妨げた。

電車は直ぐに来た。桐子は軽く手を挙げて、腕を通さぬ赤い袖をひるがえしながらそれに乗って行った。


大学構内の中央広場を、背の低い痩せた男が、両脇を抱えられ、その外側を更に十数人の学生に取巻かれて、引摺られるように歩いていた。学生たちは代る代る叫んでいた。こう言うのが聞えた。

「これが、我々の仲間を売る犬です」

陽は落ちて、広場は所どころに立つ螢光燈の光に照らされ、大勢の影が揺れ動く中で、男の顔は時に笑っているように見えた。学生の中には、男に何事かきつく問いかける者もあったが、男はその度に顔をそらして遠くを見詰め、答えなかった。

真船は、講義の始る時刻に大分遅れて正門を入り、教室の方へ行こうとして、この一団と擦れ違った。

「大学の自治を守ろう。不法侵入に抗議しよう」

と亢ぶった声が言っていた。男を囲む影は眼に見えて増して行った。真船はその有様を眼の端で見つつ、黙って横を通りぬけた。中央広場に面した教育学部校舎の入口にも人が群れていて、彼等の話から事情は直ぐに判った。

メーデー事件には騒擾罪《そうじようざい》が適用され、各所で参加者の逮捕が続いていた。この日、学生の逮捕状を持って学内に入った私服の警官が、学生に見咎められたのである。警官は学内に入るについて大学の諒解を得て居らず、初めは、「俺は飴屋だ。飴を売りに来たんだ」と逃げようとしたそうである。これが学生を激昂させ、取巻いて抗議をする形勢になっているのであった。

真船はそれから、四階の教室に行き、講義を終りまで聴いた。その間にも、窓の下の広場からは絶えず人の気配が流れ込んでいた。

講義の終ったのは午後九時半である。出て見ると、教育学部校舎と隣合せの、大学本部の入口前に、大勢の学生が黒ぐろと坐っていた。時に声高に叫ぶ者があったが、彼等の多くは静かに、むしろ黙りこくっているように坐っていた。広場の燈と、本部の建物の窓から流れる光が、彼等の上に交錯して影を大きく見せ、全体を覆う静かさは重く、常の学生の集りの波立ちとは明らかに異っていた。

真船はその群に近附き、最も外側の端にいた学生に何が起っているのかと聞いた。

「先刻から三者会談をやってるんです。大学と、警察と、学生の代表とでね」

坐ったまま答えるその学生の声もまた低かった。学生代表は、警官が無断で学内に入った事に対して詫び状を書くよう要求したが、所轄の警察署長はそれを容れず、大学の学生課長が間に立って、交渉が続けられているのであった。

「まだ長引きそうですか」

そう言った時、彼には、まだ坐っている集団の中へ加わろうという意志はなく、単に様子を知りたかったに過ぎない。しかし、相手の学生が答えるより前に、傍から女子学生の声が飛んだ。

「正門の前に警官隊がつめかけてるのよ。解散しなければ実力行使だって脅かしてるんだわ」

長い髪を左右に編んで垂らしているまだ幼いような顔が真船を見上げていた。その顔に向って彼は思わず言った。

「そうか。行って見て来る」

大学本部の角を曲って正門まで約五十米《メートル》の距離である。門と言っても、扉は殆ど閉じられた事がない。その開け放たれた門の向う側に、大勢が集る時に特有の、重く籠ったどよめきの気配があって、武装した警官隊がいた。彼等は正確に隊伍を組んで立っていた。一様に青い鉄《てつ》兜《かぶと》を被って、その青が鈍く光っていたのを真船は忘れない。何人がいるのか判らないが、青く光る鉄兜の列は、正門前の空地を埋め、此処にもまた静かさが拡がっていた。時に聞えて来る固い音は、彼等の靴が足許の石に鳴るのであろう。

正門附近に学生の数は尠かった。彼等は、門の内側に三々五々立って、動かない警官の列を見ていた。近所に住むらしい着流しの男が、そういう学生の一人に何か言った。学生は初め静かに話していたが、次第に亢ぶって声は高くなった。

「そうなんです。我々は大学の自治を守るために闘ってるんです。それが、平和を守る事にもなるんです」

と聞えた。その時、警官の中から叫ぶ者があった。

「何が平和だ。出任せを言うな」

学生たちが一斉に身構えたが、声はそれきりで絶えた。警官隊の中で誰かが制止した気配があった。そしてまた沈黙が戻って来た。誰も動かず、夜気の肌寒さがあった。

暫くして、真船は再び、大学本部の方へ向った。この時、彼は既にもう少し大学に留まっていようと考えていたが、この静かな夜の構内で起っている事が何の意味を持つのかは、まだ正確に判ってはいなかった。ただ、一人歩く自分の跫音を聞きながら、気持に弾みが芽生えているのを感じた。

本部前に帰って、彼は先刻の女子学生がまだ同じ姿勢でいるのを見出し、その近くに坐った。彼女は振向いて、

「警官いたでしょ。少しでも隙があったらかかって来ようとしてるのよ。メーデーの時と同じよ」

と囁きかけた。彼は頷いたが、警官が彼に向って襲って来るさまは想像し難かった。

静かに見える集団も、中へ入れば、多くの囁きが交されていた。

「俺は毎朝、四時から牛乳配達をやってるんだ。普通に勤めてるだけじゃ、仕送りまでは出来ないからな。だから、終電に間に合うように帰るよ」

事件の起ったのが夕方であっただけに、常と異り二部学生の数も多いのであろう。真船は誰も知った顔が見附からぬまま、そういう周囲の声を聞くともなく聞いた。

「謄写版の原紙書きは、一枚五十円よ。そう悪い値じゃないけど、何時も仕事があるわけじゃないし、それに疲れるわね。ほら、こんなに指に胼胝《たこ》が出来ちゃって」

「それだけでやって行くんじゃ大変だね」

「つましくやれば出来るわ」

奇妙に、今目前で起っている事件の話題はないようであった。事件発生から既にかなりの時間が経っている事が、昂奮を和げるように働いたのかも知れなかったが、坐っている集団を包んでいるのは、極く平静な日常的な雰囲気であったと言っていい。

「一箇月に八千円は稼がなくちゃやって行けないだろ」

「そんなになくていい。六千円だってやって行けるわ」

真船は彼の直ぐ眼の前で肩を寄せ合って話している二人の後姿を、ふと新鮮な思いで眺めやった。彼等がどういう間柄なのか判らなかったが、こういう場所で不断と変らぬ話をしている事が、彼の気に沁みて来た。其処には彼の知らぬ生活が影をのぞかせているように思えた。彼等も日頃は学生運動とは関りなく過している学生たちなのであろう。

本部の中の三者会談は容易に進捗しなかった。時折、学生代表が降りて来ては経過を報告したが、それは何れも、「警察は詫び状を書く事を拒否し続けている」というものばかりであった。報告がある度に、学生の中から不当を詰る短い叫びが挙ったが、それも直ぐ闇に呑まれて消えた。声の消えて行く闇の中に、建物を取巻いた植込の木が微かに揺れてざわめいていた。

何時の間にか、十二時に近くなった。終電車の時刻は十二時過ぎで、それまで真船は何度か帰ろうとも思ったが、その度に腰を上げかけては止めた。彼を惹きつけていたのは、事件そのものよりも、彼の前にいる二人によく現されている、この場の雰囲気かも知れなかった。

それからまた暫くの時があった。その間には無論、進まない会談の模様の報告が繰返され、時刻が遅くなるにつれて、学生の間の叫びは漸く繁くなり、それを抑えるために学生課長が会談の部屋から降りて来るなどの事もあったが、そういう総ては、真船にとってむしろ薄い記憶である。彼はただ、石畳の上に坐っている自分の腰の回りの冷たさだけを感じ、自分の頭の上に拡がる青黒い夜の色だけを見ていた。

しかし、その無感覚な状態は、正門の前で挙った数本のマグネシウムの、鋭い、白い光によって破られた。光とともに、今までの静かさを激しく引き裂くように、喚声と跫音が入り乱れて広場一杯に反響した。本部前にいる学生を実力で解散させるために、警官隊が乱入して来たのである。「突撃」と号令する声を真船は聞いたように思った。白い光の中を青い鉄兜の群が、圧倒する力で寄せて来た。

最も外側にいた学生たちが瞬時に崩れ立って四方に散った。真船の横からも立上って逃げる者があったが、彼はそれでもまだ、急変した状況がよく理解出来なかった。警官はその彼の前に忽ちに迫った。警棒を振り上げ、振り降す度に、彼等は「この野郎、この野郎」と叫んでいた。学生たちは打たれて蹲り、這うように逃げたが、警棒はその逃げる背にも加えられた。四方から押されて漸く立上った真船の眼には、恐らくは何事も考えず、ただ本能的に棒を振っている警官の表情が大きく映って来た。口を引きつらせ、鼻孔が大きく膨んでいるその顔を見て、初めて真船は怖れた。

怖れは半ば痺《しび》れるような感覚で襲い、彼は逃げようとしたが、回りに押されて大きくよろめいた。警棒はその後頭部に向って打降され、彼は自分の体が頭から先に地面に落ちて行くのが判った。もがくようにして立上り、二、三歩行った所で、また後から打たれて、今度は前にのめって倒れた。其処は丁度、広場の端で植込があり、その土の中に顔を伏せて彼は意識を失った。

意識の戻って来たのは、見知らぬ学生に抱き起された時である。倒れていたのは、極く短い間であったに違いない。

「大丈夫ですか。今、担架を呼びます」

とその学生は言った。

「いや、歩けます」

彼はそう言って、傍の木にすがって漸く立ったが、激しい眩暈を感じて、また木の根元に屈み込んだ。

警官の波は去っていた。後には、学生たちが残り、暴行に抗議する集会が始って、甲高い声が響いていたが、真船の耳にはその内容までは聞き取れなかった。その集団は、彼から無限に遠い場所にあるように思われ、彼一人が離れている暗い闇の中で、彼は口にこみ上げて来る苦い液をしきりに吐いた。そして、やがて担架が運ばれ、救急車で病院に送られる過程を、彼はきれぎれの記憶としてしか持っていない。

真船は大学の近くにある小さな個人病院に運び込まれた。彼が入れられたのは二人部屋で、隣の寝台には矢張り負傷した学生が収容されていたが、二つの寝台の間はカーテンで仕切られていたので、向う側の様子は判らなかった。打たれた後頭部は腫れ上っていたが出血はなく、医師は、「安静にしていなさい。明日、精密検査します」

と言っただけで出て行った。堅い寝台の上に仰臥したまま、彼は断続して眩暈に似た眠りに落ちつつ、只管、朝の来るのだけを待った。事件のあった時刻から推して朝は近い筈であったが、それは容易に訪れず、彼は何度も眼を挙げては、虚しく電光が反射する暗い窓を見た。

漸く明けて、何度目かの眠りから醒めた時、祖父が枕許に来ていた。彼の学生証の住所に宛てて、電報が打たれたのである。真船は、彼を起そうともせず、ただ凝と見つめていたらしい祖父を見て身を起そうとしたが、頭痛のために果さなかった。

「別に心配するほどの怪我ではないだろうということだ」

奎一郎は表情を動かさずに言った。真船は叱責を予期していたが、祖父の言ったのは別の事であった。

「勤めの方は私が連絡しておく。着替えなどは後で佐代に持って来させよう」

それだけで、奎一郎は直ぐ帰って行った。この余りの僅かの時間の、感情を露わにしない訪問は、却って真船に、祖父が自分に対し心を遣っていてくれるという感じを強く残した。肉親の絆にやはり彼は縋っていたかった。

それからの時間は長かった。正午近く行われた精密検査は、極く簡単に終った。食事を摂る気にもなれず、一度咽喉が渇いて水を飲んだが、それも直ぐ吐いてしまった。眠りは間歇《かんけつ》的にやって来て、その間に夢はあっても、不思議と前夜の光景は現れなかった。むしろ、醒めている間の考えがその方へと流れたが、それも坐っている学生の黒い影、マグネシウムの白い光、或いは襲って来た警官の険しい表情などが脈絡なく浮ぶだけで纏まった形にはならなかった。

隣の学生は彼よりも重態らしく、カーテン越しにしきりに人の出入りする気配があった。

加瀬輝男が来たのは夕方六時過ぎである。

「負傷者の中に君の名があったんで驚いたよ。同名異人かと思ったぜ」

負傷した学生の氏名と入院先は、大学の掲示板に貼り出されているそうであった。

「実は俺も昨夜は彼処《あそこ》にいたんだよ。君はまた、なんで怪我をするような羽目になったんだ」

「なんでと言うことはないよ。あんな風になろうとは思いもよらなかった」

真船は弱い声で正直に言った。口を利くとまだ頭が痛んだが、親しい友人が来た事は、長すぎた夜を過した後の彼を安堵させていた。

「警官に対する認識が甘かったんじゃないのか。新聞を読んだかい」

「いや」

「今度ばかりは、新聞も警官を非難する調子が強いな」

そう言って加瀬はポケットから新聞を取り出して真船の前に拡げた。真船は努力して読もうとしたが、大きな活字が徒らに躍るだけで細かい文字は読めず、それを投げ出した。

「何だ、まだ眼が廻るのか。仕様がないな」

加瀬は声を出して新聞を読み始めた。彼の言うように、新聞の報道は、無抵抗の学生に向って警官が実力を行使したのは遺憾だという観点から纏められていた。警察に抗議したいという大学当局の談話もあった。加瀬は読みながら前夜の昂奮が甦って来るらしく、次第に早口になって行ったが、真船は逆に、虚しい思いが萌し、拡がって行くのを防げなかった。同じくあの場に加わるにしても、前からメーデーの事件を云々していた加瀬には、平生から抱いている考えがあったに違いない。ところが俺は何もないままに動いた、それではこの傷の痛みも、くだらぬ事をした罰というだけのことか。続いて、警官襲撃の直前まで親しそうに話し合っていた二人連れの事が思い浮んだ。彼等も傷ついて、互の傷口を舐めるように癒し合っているだろうか。

「君はほんとに、大学の自治がどんな犠牲を出しても護るべきものだと思ってるかい」

加瀬の読み終るのを待って真船は言ったが、加瀬は直ぐには答えなかった。「大学の自治か」と呟き、暫く無意味に新聞を眺め廻していた。

「大事だと思ってる、というのは簡単さ。またそれで間違いじゃない。だが、正直に言うとね、俺は自分でそう問題を突きつめて考えた事はないんだ。ただ俺に判るのは、傍目には無茶苦茶みたいに見えても、俺たちが何かやらない限り、結局今の時流に流されちゃうんじゃないかという気持だな。それは、俺の中に何時もあるな」

「虚しく感じる事ないか、そういう気持」

真船は前に寒河の下宿でも同じような話をしたのを思い出しながら言った。加瀬はまた暫く考えた。

「真船は前に、物を考えないで行動したんでは、現実に自己解消するだけだと言ってたよな」

「そうだったな」

「あれから後で、俺も考えたんだけど、一概にそう言ってしまうのもどうかという気がして来たな。俺の知ってる奴で、卒業してからデパートの夜警をやってるのがいるよ。そいつは一部の経済を出たんだから就職は容易だった筈なんだけど、普通の勤めじゃあ自分の時間が持てないって言うんだ。夜警なら昼間の時間は全部自分の物になるし、夜も本を読む時間は充分あるからという理窟さ。こんなのは極端な例だが、自己解消するのを懼れれば、きっと其処まで行っちまうんじゃないか。だけど、俺はそれじゃ駄目だと思うよ。そんなに社会から切り離されて生きられる程、人間は強いのかね。社会から眼を背ければ、自己そのものが乾からびちまうだろう」

加瀬は此処まで言って、真船が眼を閉じているのに気が附いた。

「聞いてるのか」

「ああ、判るよ。その話、判る。今度は俺の方が考えてみる番かも知れないな」

真船の声は殆ど呟きになった。疲れていて考える気力はなかったが、確かに、今度出会った経験の内には、それまで彼が漠然と感じていた自分の生活の規矩を越えている部分があり、考えねばならぬ事は多いようで、彼のうちに渦巻いていた。

「いいや。退院したらまた議論しよう」

と加瀬は友人の気持を汲んだ気で言った。そして帰ろうとしかけた時、扉を叩く音がした。

「あ、小野塚じゃないかな。あいつ、先刻一度家へ帰って女房を連れて来るなんて言ってたんだ」

小野塚聡は、何時ものように笑って入って来て、その後に妻の弓子がいた。

「大変だったね。いや、一人で不自由してるだろうと思ってね、家のを動員して来たんだ」

真船は戸惑いして起きようとしたが、弓子が直ぐに近寄って制した。

「その儘にしてて下さい。果物持って来たけど、あがりますか」

「頭が疼《うず》いて、朝から何も食べられないんです」

「そう。それじゃ、お林檎卸《おろ》しましょうね」

彼女は包を持って一度外へ出ると、やがて林檎を卸した汁を茶碗に入れて戻って来て真船に薦め、更に、

「誰が使ったかも判らない蒲団じゃ気持が悪いでしょう」

と彼の蒲団の襟許にタオルを縫い附け始めた。その間、真船は黙って為すままにされるよりなかった。手早く附けられたタオルに顎を埋めると、それは新しい布地の匂いがした。

「これ、紅茶と、サンドウィッチ。食欲が出たらあがって下さいね」

弓子は魔法瓶と紙包を傍の卓に置いた。

「真船、お巡りに殴られたお蔭で待遇がいいな」

加瀬が言ったが、真船は聞き流し、黙って弓子の挙止を見ていた。そして、俺は随分長いこと、こんな風に扱われた事がなかったと思い、そう思った自分を忽ち恥じて、弓子から顔を背けた。その時、彼の心の裡にあったのは母の影である。母の死から七年余も過ぎてみれば、幼い日に甘えた記憶しか彼には遺らず、かつて母も新しいタオルを彼にかけてくれた事があるよ

うな気がした。彼を始め友人たちは、小野塚を小さな家庭に安住しているとして、親しみながらも軽くみていたが、今、真船が弓子に感じた気持が真実なら、小野塚は彼等も内心に持ちながら意識では否定したがっている望みを、率直に実現しているのかも知れなかった。小まめに動いている弓子を真船は綺麗だと感じ、こうした感触が家庭というものを示しているなら、俺も機会さえあれば、案外簡単にその中へ溺れ込んでしまうかも知れないと思った。彼の気持は弱っていた。

「小野塚、これから学校へ行くかい」

と加瀬が聞いた。

「そうだな。もう遅いけれども、最後だけ顔を出そうか」

帰って行く彼等を真船は引留めなかった。独りで為す事なく過す夜は長いに違いなかったが、応対に疲れて、彼等がいるのを煩わしいと思う気持も、一方には萌し始めていたのである。

「あたし、暇をみて、明日も伺います」

弓子は最後にそう言って帰って行った。

残されて、真船は、眼の上に黄色く点っている電燈と、手入れの行届かない白壁の天井とを眺めた。天井には長い数条の亀裂が走り黒ずんだ汚斑もあった。カーテンの向う側は、眠っているのか、他へ移されたのか、音はしなかった。後頭部の疼きはまだ執拗にあり、或る間隔を置いてはそれが激しくなって、眼の上の電燈がふと遠くなるような感覚に襲われた。しかし、それを何度か繰返すうちに、やがて真船は眠った。眠りへの落ち際に、短い取止めもない夢を、幾つも立て続けに見た。

その後一週間を、彼は病室に過した。頭痛が日を追って薄らいで行くのはよく判ったが、平常に立って歩けるだけの平衡感覚は容易に戻らなかった。それでも一週間目に医師はこう告げた。

「頭の内部に異常はないのだから、もう退院してもいいでしょう。家に帰って、用心しながら歩く練習をして御覧なさい」

最後の夜、遅く眠った彼は、眠りの中から浮び上るような感じで自然に眼を醒した。時刻は判らなかった。電燈を消している窓の外は、微かに白い色にも見えたが、それが月の明るさか、或いは夜が白みかけているのか、それさえも判らなかった。入院当初は、眩暈に曳き込まれるように眠ったが、恢復につれて、却って夜中に眼醒める時が多くなっていた。醒めても、意識には薄い膜がかかったように、頭と左の眼の奥とに鈍い痛みがあった。彼は、その痛む眼にそっと手を触れながら、この一週間のあれこれを秩序もなく思い出し、その中に遊んだ。短い日数の事ながら、彼の記憶は乱れていた。桐子の来たのは何時だったろうか、あれは妙に蒸暑い日だった、などと彼は考え、有合せのコップに桐子が活けて行ったままになっている花の方を顧みた。暗い中に、花は影のみが浮いた。

「新聞に名前出ていたわよ。だけど、一体、どういう事なの」

と入って来るなり彼女は言った。真船は、忠実に記憶を辿りながらあの夜の事を話し、

「今は頭が痛くて何も纏まって考えられないけど、あの時の空気はこれから先、ずっと覚えている事になりそうだな」

と附加えた。しかし、桐子がそれを本気で聞いたかどうかは判らない。

「そう。それにしても、殴られちゃうなんて、つまらない事をしたものね。うまく逃げた人の方が多いんでしょう」

俺はあの時、呶鳴りつけてやってもよかったんだ、と真船は、その桐子の言葉を聞いて、瞬間、激しく波立った自分の感情を苦く思い起した。そんな事をすれば、二度と会わないようになるだろうが、それでもよかったのかも知れない、例えば、俺があの場所で俺の周囲の空気の中に惹かれて融け込んで行った時の気持をいくら説明したって、あいつは同感しはしないだろう、今度会ったら一度試しにむきつけな話をしてみようか。

しかし一方で真船は、桐子が去り際に彼の頬に触れて行った掌の感触を忘れてはいない。

「大事になさいね。あら、髯がすっかり伸びちゃったのね、痛いわ」

桐子の掌は冷たかった。冷たさは長く頬に遺り、彼は戸口でふと笑いをこぼして出て行く桐

子を眼で送りながら、彼女の肌を生なましく思い描いた。道を歩きながら何気なく手に触れてみ、その感触から彼女の体を想像したような思い出が彼には数多くあった。結局、俺はああいう女の肌に誘われて長い事あいつと附合って来たのだったかも知れない。俺はそれをあからさまにするのを恥じて、多くの言葉を費し、感情の上で桐子との繋がりを保とうと努めたが、効ない努力だったな、考えてみれば、桐子と話していて自分の感情が正確に相手に伝わったと信じられた経験は一度だってなかったじゃないか。そう思った時、真船には、桐子がこれまでになく遠いものに感じられた。

それから彼は、この病院の部屋へ訪れて来た人々の顔を、順に思い浮べた。祖父も、小野塚も、加瀬も、最初の日以後、来なかった。小野塚の妻だけが、あと二日来たが、三日目からは来なくなった。彼等もまた、真船から遠かった。明日退院して行けば、祖父が多分劬りの籠った眼で彼を見るに違いないし、癒って勤め先へ行けば、多少の好奇の眼が注がれるのも判っていた。そして大学では、加瀬あたりが、事件について話しかけて来るであろう。だが、そんな事はみんな虚しいな、と彼は強く考えた。何故そう感じるのか、彼自身にも正確には判らぬ所があったが、打たれて直立したまま頭から土に向って倒れて行った感覚と、その後、頭の疼きを抱え独りで過した時間が、彼の中に大きく腰を据えていた。其処には誰とも関りのない彼独りだけがあり、周囲の誰彼は、すべて彼から等距離の位置を保って、彼に遠い眼を注いでいるように思われた。彼が感じていたのは、確かに孤絶の感覚に違いなかったが、淋しさはなく、却って解き放たれたような感じが拡がり始めていた。

そうして長い時間が経った。寒河洪太の顔を思い出したのは、何がきっかけであったろうか。寒河は顔を見せなかったな、あいつはまた小説にでも取りかかっているんだろうか、と真船は、寒河があの古い部屋の、小さな坐り机の前で、背を丸めて筆を運んでいるさまを想像した。若しかしたら、彼は、俺が今感じているような気持を、早くから意識していたのかも知れない、その意識が、彼にああいう形で自分の経験を刻もうという気にさせたのじゃないか、癒ったら、寒河と二人、是非その事を話してみたいな。寒河の部屋にこもった石油の匂いが、彼に親しく甦って来た。

夜が明けて来た。窓の外の白さが増して、昼間にはその影さえも見えない鳥の啼声が、軒のあたり、更には近くの木の高みから流れ出し、満ちて来た。気温は下り、真船は少しはみ出ていた肩を蒲団で覆い、寝返りを打ち、再びまどろみに落ちて行った。

その時、夢はなかった。

P+D BOOKS ラインアップ

四十八歳の抵抗　石川達三　●中年の危機を描き流行語にもなった佳品

強力伝　新田次郎　●「強力伝」ほか４篇、新田次郎山岳小説傑作選

ア・ルース・ボーイ　佐伯一麦　●〝私小説の書き手〟佐伯一麦が描く青春小説

マリリン・モンロー・ノー・リターン　野坂昭如　●多面的な世界観に満ちたオリジナル短編集

時代屋の女房　村松友視　●骨董店を舞台に男女の静謐な愛の持続を描く

北の河　高井有一　●抑制された筆致で「死」を描く芥川賞受賞作

P+D BOOKS ラインアップ

子育てごっこ　三好京三　●未就学児の「子育て」に翻弄される教師夫婦

喪神・柳生連也斎　五味康祐　●剣豪小説の名手の芥川賞受賞作「喪神」ほか

宣告（上）　加賀乙彦　●死刑囚の実態に迫る現代の〝死の家の記録〟

宣告（中）　加賀乙彦　●死刑確定後独房で過ごす青年の魂の劇を描く

宣告（下）　加賀乙彦　●遂に〝その日〟を迎えた青年の精神の軌跡

フランドルの冬　加賀乙彦　●仏北部の精神病院で繰り広げられる心理劇

（お断り）

本書は１９７６年に文藝春秋より発刊された文庫を底本としております。あきらかに間違いと思われるものについては訂正いたしましたが、基本的には底本にしたがっております。また、一部の固有名詞や難読漢字には編集部で振り仮名を振っています。本文中には杣夫、部落、農夫、大工、左官屋、車夫、土民、蛮刀、家婢などの言葉や人種・身分・職業・身体等に関する表現で、現在からみれば、不当、不適切と思われる箇所がありますが、著者に差別的意図のないこと、時代背景と作品価値とを鑑み、著者が故人でもあるため、原文のままにしております。差別や侮蔑の助長、温存を意図するものでないことをご理解ください。

高井有一（たかい ゆういち）
1932年（昭和７年）４月27日—2016年（平成28年）10月26日、享年84。東京都出身。本名・田口哲郎。1965年『北の河』で第54回芥川賞を受賞。代表作に『この国の空』『夜の蟻』『時の潮』など。

北の河

2020年6月16日　初版第1刷発行
2023年9月27日　第2刷発行

著者　高井有一
発行人　石川和男
発行所　株式会社　小学館
〒101-8001
東京都千代田区一ツ橋2-3-1
電話　編集　03-3230-9355
販売　03-5281-3555
印刷所　大日本印刷株式会社
製本所　大日本印刷株式会社
装丁　おおうちおさむ（ナノナノグラフィックス）

ISBN978-4-09-352392-9

P+D BOOKS